U0123201

生命之歌

黃榮村

目次

8 序——生命之歌23首與其他

【生命之歌23首】

12 洛陽之歌組曲
36 漢唐雜憶1
38 漢唐雜憶2
48 人生的傷痕
57 死亡的味道

61 在雨暴風狂之中，翻身
73 在槍聲中且歌且走——送給我的革命伙伴
77 在颱風天想寫一首詩
81 漂泊之歌
84 母親的信仰
94 山丘的記憶
96 海潮啊海潮
101 The last leaf lingering on the tree
105 初夏的蟬聲
109 在風雨中凝視
115 心情七則
131 不安定的靈魂仍在遊蕩
136 荒原之歌

145 阿拉伯的勞倫斯
149 穿越時代的目光
153 相逢大甲溪畔
166 明天與意外的對話
169 命運的名字叫23

【風雨之歌】

174 平野上發亮的夏草
180 在海水中弄影寫容
183 預見諸神的黃昏
190 月光下

193 兒子的眼神
196 風雨欲來
197 馬丁路德從維登堡走到萊比錫
200 巴黎值得一場彌撒
204 乘著歌聲的翅膀
211 歷史悲劇走不上天堂路
216 山河群相——走出一片風景

【未竟之歌】

228 Dylan Thomas 的未竟旅程
263 忘不了的風雨，忘不了的時代

序
——生命之歌23首與其他

這是我的第二本詩集，產量甚為有限，慚愧慚愧。不過很巧的，在沒有刻意編輯下，第一本《當黃昏緩緩落下》（2005，印刻）與本詩集第一篇的「生命之歌」，都各自收錄了23首長短不一的詩，這背後一定是有個道理才對。

人生的故事不管簡單還是複雜，總要從細胞內的23對染色體開始寫起。英國知名作家與科學家Matt Ridley，在1999年寫了一本有關基因圖譜的書，認為人類基因圖譜是由23對染色體所組成的完整基因組合，也可以說是人類所完成的一部23章傳記。同樣道理，在本詩集中的第一篇「生命之歌23首」中，也可以說是想藉著這23首長短不一的詩，來探索生命之書，來走讀人生。

接續的「風雨之歌」與「未竟之歌」，則是意外的選輯。第一篇23首編輯完成後，本擬馬上出版，但因其他書冊的出版耽擱了，再回過頭時已另多了一些詩文作品，就合併一書出版吧。

本詩集有時嘗試採用詩中有文、文中有詩的混合文體，或在詩作之後做點說明，主要是因為詩作中大都是意有所指，為增益其清晰明確性，多少做了一些必要的加工，惟謹守詩藝分寸，未嘗多言，乃係不願亦不應過分具體與白描也。但詩作中的人生痕跡與感覺，若有必要仍作適度交待，以符應莎士比亞所主張的，舞台上的聲音與憤怒，不能沒有人生的意義作支撐。

謹提幾句，交代成書經過與詩文合輯之性質，是為序。

生命之歌23首

洛陽之歌組曲

1 洛陽之歌

青山依舊在

北魏以降人間嘗試行佛法，當社會能夠平平安安過日子時，主動的善心顯現在做一生的功德，亂世時則人民四處祈求平安，盛世之際朝廷展威儀，所以石窟連綿佛雕處處，原係全民運動。可惜青山依舊在，幾度夕陽紅，伊水左岸的龍門西山石窟歷經風化、唐末毀佛滅法、民初盜鑿盜賣，已非原來面目。惟更大的可能浩劫正在後面追趕，文革初起，破四舊拆佛像，逐漸波及洛陽，白馬寺與龍門石窟差點全面被毀，據當地傳聞，幸賴洛陽農機學院資深紅衛兵組織出面化解危機，逃過一場文化劫難。一千五百多年來，洛陽就像一則被傳誦不停的傳奇。

人間行佛法，流變數千年

當歷史一路依山壁敲打刻痕
就註定有風化漫漶的一天
當歷史亂世崩潰
就見刀斧切割殘石。
最恨石洞依舊在
佛面不知何處去
在伊水河畔的晚風餘暉中
竟來不及

說出一聲告別的話語

走在荒原上，狂歌石窟中

白居易日遊狂歌石窟中
夜臥聽水伊河邊
夢中長恨歌的歌聲
就像餘恨猶在
竟繞不出石窟中一路殘缺
曲折向前的空心小洞。

上下千年來
戰亂一路燃燒
黃昏時光金色的太陽
將帝都挽裙弄姿的仕女
裝扮成走在荒原上的

一縷遊魂。

漫步山之巔

早生華髮，懷著慚愧的心情
進入歷史走一段懷鄉旅程
尋找已經失落的狂熱與信念
走在山壁之旁角落之間
似有四五十年前自己年輕的足跡
閃過曾要拋石削面的殘留景象。
時近傍晚，尚有走不完的西山殘壁
忽然打一個冷顫，趕緊打道回府
就怕黃昏來臨時的陰陽交界
一批殘軀剩面前來索取流失的體面歲月。

在陰陽界線上流浪

半夜，大家都起來了
大殿亮光下，缺手斷臂沒顏面的
向華麗女皇鞠躬作揖
一派太平景象宮廷朝儀
隔著伊河觀史演個上下千年
就怕鷄啼。

白馬馱經接龍門

佛教流布中土因緣始自不遠處的白馬馱經抵洛陽（東漢），方有佛雕於伊河之濱石窟之中（北魏）。惟歷史流變常有難言之處，當水濱石雕與世無爭仍舊挺立之時，人間來來往往的寺廟已是幾經榮枯，張繼在安史之亂後曾夜宿白馬寺，心情晦暗苦等晨間清光而不可得，他說：

白馬馱經事已空，斷碑殘剎見遺蹤。蕭蕭茅屋秋風起，一夜雨聲羇思濃。

原來回首話龍門，畢竟淵源在白馬，有詩為證：

居易側臥伊河邊，輾轉長恨不能眠，龍門狂歌難入夢，正是白馬夜宿前。

沒想到千年之後枯榮逆轉，白馬寺興，而石窟遺物難以復原矣！

（二〇一三年五月二十六日遊洛陽，成詩於同年六月十二日端午節）

2 達摩夜未眠

假如順著這條路，就可以找到達摩

有人安排我去參加佛醫大會，同時拜見少林寺的大方丈，這在古代一定是不得了的陣仗，嵩山少林更是我們這一代人尋求禪武醫合一的原鄉，心理的戒慎恐懼那是不用說了，也懷著一種歷久而彌新的信念，認為已經走了六十幾年，現在終於比較靠近了，假如順著這條路，應該可以找到達摩吧！

清煙梵唱松林間

越過這山
梵唱乘著清煙

在松風護送下
一路往上
想要告訴山頂上的達摩
山腰上有很多僧眾
與他一齊唱和。
其實山下還有帝王
神色恭謹祈求千年根基
洞中曲曲折折回答的
只是不斷撞擊的風聲。

達摩夜未眠

山洞中坐著睡去都會做惡夢
正在風吹水濺中一葦渡江
岸邊竟已有人架好儀器
等著作大衛魔術解密。

夢中更驚訝地看到
方丈與藏經閣老和尚
姿態柔順的走在
意氣風發的黑髮人後面
果然是
空即是色　色即是空。

少林寺啊我東來的歇腳處
山中高僧競問西來意
誰知不過數度狼煙
宗教已淪落成人民的鴉片嗎？
達摩一個大翻已是千年身
第一次覺得全身冒冷汗
在松風梵唱中
抖個不停。

一個小和尚

從小就喜歡盯著僧衣看
尤其長袍飄飄在長廊轉彎處
有時形成一股小氣流
激起一堆小灰塵
從下往上看　在小雨紛飛後
在陽光斜照時
就像畫出一道小彩虹
繞在寺廟的小角落。
佛法啊佛法
我小小的心靈
從小就在神蹟中長大。

火燒少林寺

帝王宮闕不過是一根茅草
在陽光下形成的幻影
人間的義理啊
可以從海邊走到高山上
走上一輩子。
縱使一把火
可以從山下燒到山峰
從北一直延燒過江南
但是大火燒得完東邊大海的湧浪嗎？
一批在神蹟下長大的小和尚
騎乘在東邊的海浪上
遠遠看起來
就像是接二連三的達摩

正在掀起滔天巨浪
想要撲滅競起的火焰。
忽然一聲
菩提本無樹　明鏡亦非台
水火無非虛幻
東西難道就有方向？
火燒少林的這場歷史劫難
就等著達摩哪天願意下山
再來談吧。

原來順著這條路，再也找不到達摩的足跡

有人打趣說，在台灣，大官一定是走在大僧之後，因為在台灣的大官假如不是一生，也很可能是一天信徒，信徒當然不能走在師父前面。但在中國大陸，大官可以是一生信徒，卻很難是眾目睽睽下的一天信徒，因此大官經常是走在大僧前面的。所以順著當代這條路一直走，應該是再也找不到達摩的足跡吧。已經一千多年了，你真的還想找到那間打坐的山洞嗎？還不如在夕陽下看看清煙裊繞，在松風吹拂下聽聽梵唱，發發思古之幽情吧。正所謂：

夕陽千古梵唱中，風沙路上萬里行，少林別後風波惡，經史流變一場空。

（二〇一三年五月二十六日遊嵩山，成詩於同年六月二十六日）

3 老和尚走在一片枯葉下

帝都香火

史家呂思勉嘗言，人於社會安定之時求福報，亂世之時則祈求平安，凡此皆係宗教信仰不管在任何朝代得以昌盛之因。帝都遠近寺廟原無大小，不過是人民百姓祈求之地。在舉國崇信佛教之時，帝都香火絕不落人後；惟政治凌駕宗教之時，帝都香火最多只是蓄勢待發。但是歷史上的微小擾動，難以封擋天下百姓人心之常，新生的草原處處在尋找突圍的機會。

順著塔尖的紅星星跑過去

當雪花開始落下

歐洲老城市的小孩結成一幫
找出連結起塔尖上紅星星
那一條發亮的天使線
然後義無反顧地一路跑上坡
在來得及唱完奇妙的恩典後
趴在窗台上
看著天父如何用祂的眼神
赦免父親與生帶來的罪過。

東方帝都內父親的小孩們
天色還未亮哪就站在門邊
排成一排
送爸爸們今天陪皇帝到市郊
一間只有大人才能去的寺廟
聽媽媽說是為國家與家人

祈求福報 和尚的歌聲
迴盪在空曠的走廊上。

老和尚走在一片枯葉下

深秋過後
那位停車坐愛楓林晚的詩人
也不再來走動
不知去哪裡避寒了。

說不定夢中山後的楓葉啊
仍然紅於二月花
老和尚翻閱這一段唐朝的記載
聽說過去還會有皇族朝官
在入冬時來還願的。
就往山後走一趟吧

颳來一陣風
怎麼沒有滿天的落葉？
定神往上一看
原來整座樹林只剩一片
孤伶伶的枯葉
懸掛在樹枝上
正等待著無聲的墜落。
走遍整個後山　竟無鳥聲
寺廟之內還沒有人來點上香火
這個寒冬
大概會拖上很久吧。

走在新生的草原上
帝都之外　天地
原來如此寬廣

風雪過後
處處透露著春天的訊息
回首當年長征處
這片山谷中的曲折草原
轉個彎就輕易見到大自然
編織出來的神聖幾何
一條河流伴隨著縷縷炊煙
沿路聊天 一直往前走下去
江山可以如此多嬌
一定有諸多神的旨意。

想我這一生
時代的變局讓我
顛沛流離 轉戰四方
都還來不及想過人生的意義

就去上根香說說話吧
在那香火裊繞處
飛舞著我一生的歡樂與哀愁。

一歲一枯榮

白居易在二十幾歲就懂得寫下：「離離原上草，一歲一枯榮，野火燒不盡，春風吹又生。」歷史的挫敗若拉長時間來看，真是一歲一枯榮；帝都壓力下的宗教信仰，一出京畿方圓數百里之後，一片片都是新生的草原。所以，時間與空間都在扮演壓縮與展開的動作，來修飾歷史，讓治世與亂世人民都可以找到一片天。活在治世，向帝都靠近吧；生於亂世，你應該知道哪裡可以找到新生的草原。有詩為證：

歷史雲煙阻且長，時空伸縮正義張。舉頭望向來時路，新生草原訴家常。
莫謂人間道不昌，甲子自有春秋場。當年烽火連天處，一朵蓮花正上揚。

（二〇一三年六月三十日）

後記

在時代經歷重大變動或者社會做了重大轉型之時，常伴隨有大角度意識形態之改變，譬如中國即在國共對抗之時高舉左派與社會主義標誌而勝出，看起來也是因為契合了當時社會的需要。但時代與世界形勢不停變化，社會也跟著調整，雖然一般人缺乏危機感，總是會在剛開始時忽略掉機會成本（也就是若執著不改變，則會失去當改變時可能會獲得的更多利益），而且太過在意失去沉沒成本（對已經投資建立的過往或成本，在面對新變局時其實已無再予考慮保存或惋惜失去之必要），但是舊社會在新局面之下慢慢的會找到轉彎的方式，該一現象首先發生在經濟行為上。這就是弔詭的打左燈向右轉，由社會主義經濟制度逐漸轉向，建立起所謂的具有中國特色的社會主義市場經濟。打左燈向右轉而沒發生車禍，當然要有很多配合條件與準備工作，並不是一件容易的事，想想看要去建立一套能夠因應現代化與國際化需求的制度，又要不去牴觸但是要想辦法去忽略掉的，過去一套一直流行的意識形態，這是一件多難的事，但竟然在經濟上很快就做到了。

教育思想文化則是另一回事，它們常是改革的最後疆域，在改革時間表上，不管在形式或者實質上，都將是最後才有希望改革的部分。馬克思很清楚的主張宗教是人民的鴉片，雖然他的本意比這句話更為寬廣：「宗教裡的苦難是針對現實世界中所遭遇苦難的表現，同時也是對這種現實苦難的抗議。宗教是被壓迫生靈的嘆息，是無情世界裡的同情心，是沒有靈魂的處境裡的靈魂。它是人民的鴉片。」至少這段話還承認宗教與人民苦難之間的關聯，與有神無神的論點應該是不相干的。馬克思眼中的無神論是對神的否定，並且正是通過這種否定而肯定人的存在。但是一般人的無神論並沒有這種思想家的深度，有時甚至是粗暴與殘酷的。當共產主義朝向無神論發展論證時，共產黨員在公開場合是鮮少表達宗教信仰的，越接近政治中心越是如此，因此當中國南方開始香火鼎盛時，北京市郊的名寺還是香火零落。

中國與日本帝都周圍的重要寺廟，如洛陽城外嵩山南麓下的會善寺與少林寺、北京城外的潭柘寺與戒台寺、奈良城外的法隆寺、京都的金閣與銀閣寺，常是離宮或國師所在地，要不然也是歷史悠久名聲顯赫，如「先有潭柘寺，後有北京城」之類，都是重要的文化財與古建築群。中國帝都之旁的寺廟香火樣態應該是很極端的，在舉國崇信佛教之時，帝都香火絕不落人後；惟政治凌駕宗教之時，帝都香火最多只是蓄勢待發，當南方開始香火鼎盛的90年代，北京城外名剎古寺仍是山無鳥聲廟無香火來

龍門斑駁佛雕擺出現代手勢（其實是剝落造成）
（黃長生／提供）

往無和尚。但是只要人間還有容忍與尊重，信念或信仰不同應該不會演變出毀佛滅法運動，毀佛滅法也不一定要毀棄歷史古文物，至於文化財的盜鑿盜賣更是窮斯濫矣，令人無言。在毫無心理準備下，看到龍門石窟的樣貌，是很難不令人感慨萬千的，一般見解是盜賣的多，歷史上幾次毀佛滅法也有貢獻。凡作過必留痕跡，當我與其他觀賞之人一樣，津津樂道盧舍那大佛法相莊嚴，盡得唐代佛教藝術之妙時，還在很多角落看到了人性在歷史上，留下規模如此龐大的淪落痕跡，不知還要引來多少代人的浩歎。

我在2013年5月得休假之便，略作行走並成詩三首（洛陽之歌、達摩夜未眠、老和尚走在一片枯葉下），本為自娛之用，也趁機與幾間歷史名剎對對話，實難謂有微言大義在焉，惟老同學台大歷史系古偉瀛教授不改其歷史考證癖好，一定要在詩作中考掘出所有指涉之意，並在班網中指名完成，只好強作解人，作一些說明，希望有所釐清與貫穿。但所謂詩歌常有私密性糾纏其中，且在文字精簡下濃縮其多重指涉，一路往下書寫時也是想像先行，常有脫離史實與宗教儀禮之處，以致讓想明心見性之人，每遇晦澀之處便覺得不自在。我心有愧疚，趕快交代部分思考背景如上。

（二〇一三年六月三十日）

（二〇一三年八月十一日，中國時報人間副刊）

漢唐雜憶 1

江東涼風翻蘆葦，楚家子弟盡為鬼；
虞姬舞罷傷別離，烏江一刎東流水；
大風起兮雲飛揚，帝王寂寞向黃昏；
大漢風雲原是夢，徒留演義笑談中。
馬嵬坡前兵馬喧，貴妃豈有離別意；
杜鵑聲中君猶在，江東遺恨入夢來；
天地別後湖中月，是非成敗轉頭空；
何必史中尋大義，更向愛裡說情懷。

附記

楚漢相爭與三國演義就像忠孝節義及戰略縱橫的大戲，大開大闔，演活了多少代人的記憶與想像。至於安祿山叛亂與馬嵬坡前鬧兵諫，在歷史上既非改朝換代，又無撐得出場面的忠孝節義，淒美則淒美矣，但談不上什麼大開大闔的歷史記憶。想像它們之間的相似與反差，雖同樣有英雄、美人、叛將、與帝王，但在不同時空的舞台上，卻演出不同戲碼，在忠誠與反叛之間，有時因為權力流失，斷絕了男女情緣，反之則有斷了情緣來保住權力的。從這個觀點來看，項羽與唐玄宗兩人事跡就像掛在同一條線兩端，歷史的寫法要嘲諷哪一端，是很難論斷的。

（二〇一四年十二月）

（二〇一五年七月，文訊 357 期，頁 248）

漢唐雜憶 2

子房回山去

大漢的國師啊
一時找不到回家的路
想當年幾世恩仇下山來
博浪沙中第一椎
亡命中原　在燒焦的土地上
尋求春天擾動的根苗。

夜觀星象是無比的暢快
沒想結局大戲楚漢相爭
已無關出山的心情
再接下去危險的宮廷小戲
還是去找個下棋的亭子
從雲霧之中遙遙觀看。

終於又見到久別清涼的溪水
就在那裡洗洗臉浸浸腳
猜猜黃石公的草履還在不在
四周花鳥忽然之間明朗起來
我就進山等它下一回。

魏徵貞觀

若非當了這麼久的諍臣

世間豈能流傳十思疏
說要在鳴琴垂拱中
無為治國行天下
當年君臣玩遊戲
在矛盾交錯的陰影中
要人步步為營走出一片無為
死後太宗真心長嘆
以人為鏡可以明得失。
豈知以史為師知興替
那大唐江山啊
撐得李家多少世代
才是皇帝背後
一生的關注。

韓信英雄淚

明知高鳥已盡良弓應藏
仍然迷信路旁小兒指指點點
虛幻的國士無雙歌聲
要與亭長試比高
功臣氣盛就以血償還
枉費流下多少英雄淚。

虬髯客奔向大海

李靖不是紅拂女
難以一眼看出
十餘年後攻下東南扶餘國
大步而行的虬髯客。
忠心不是遊俠的風格
爭奪更非霸主的歸宿
越過山海

都是不曾見過的叢林沃土。

王莽作虛的日子

周公恐懼流言日　王莽禮賢下士時
至少他做了一陣子好書生
心懷理想卻又找不到入口
在一個正統情結當道的社會
沒有作虛之人的出路。

則天臨朝

則天皇帝不識誰家天下
縱身一躍為何不可主宰浮沉
有鳳來儀
再現洛陽風光
何必儘是長安城牆。

狐媚只是起手式
石窟法相說盡人間法
歷史書卷在河邊風聲中
翻個不停 幾個世代啊
總是有人想說個分明。

黃巾起義

夫子在廟堂之上恐紫之亂朱
沒想在民間
黃色才是痛苦與作亂的顏色。
來回廟宇之間揚起漫天香火
求的只是明天看到一點陽光
沒想年復一年只是陰雨連連
當大家順勢綁上黃巾
甩甩頭互相打聲招呼

哪知在問候的眼光中
竟看到閃閃黃色亮光
通道盡頭已備好戰馬
在等著大家一起衝出
尋找外面燦爛的陽光。

書生黃巢

滿城盡帶黃金甲
原是黃巢落寞的心中
早已預想攻城的顏色。
書生行走在返家的路上
無法了解命運的安排
流竄半生攻向長安城
那裡滿地盛放的菊花
還是年輕的想像　原來

只有黃色才是毀滅的心情。

曹操三國

假如沒有孟德
三國就如風中飄飛的棉絮
抓不到詮釋的主軸
依附不到歷史的正統。

青青子衿總會讓他
沉吟到月明星稀
赤壁無情
只爭戰場一陣東風
豈知中原道上
還有僕僕風塵的
虛矯的歷史正義。

孟德撐出王道的假面
死後一條虛線　繼續釣出
仍不止歇的三國史
引得當代俊彥一路爭辯
不知東方之既白。

五代十國

連名字都記不清楚的
一群帝王與貴妃
也未曾留下故事與譜系的
金碧輝煌的面具舞會
過不久就是倉皇辭廟日
在異地低迴淺唱
故國不堪回首月明中。

附記

漢唐盛世是被講出來的，一個講得很好的故事。再也沒有一個朝代比漢朝開國更百色雜陳充滿爆發性，也沒有一個朝代的結束比漢朝更充滿故事性，史記在前引路，三國在後送行，天朝威儀無人能擋。唐朝並列應該也是被敘說出來的，既無出世的驚天一擊，更少忠孝節義，藩鎮割據之後分崩離析結束朝代的五代十國，注定沒有微言大義，在歷史上難以留下可以大作詮釋的理論，或廣為流傳的民間傳奇。惟就文化生活與異族風味立論，則唐朝治世的文風及多元建築品味異國風情，無人能及。漢朝塑造學術核心，儒學儒術儒教舖天蓋地，反映的是朝廷與社會追求正統不求多元的心情，雖然歷史潮來潮去，沒有人能夠阻止正統旁落，但縱處滅朝邊緣，夸夸而談者無非微言大義，惟有在大柱傾倒之後生機重現，詩文思想有了重大解放。觀諸唐亡之後一段期間，詩文不足觀矣。漢唐硬被拉成一家親，應是就成果立論，畢竟漢唐盛世是古中國最值得相提並論者，所以，歷史是被編造出來的。既然如此，我在這裡寫他們幾首，唱點反調，又有何妨。

（二〇一五年初除夕，倏忽之間台灣已跨過兩個甲午年）

（二〇一五年七月，文訊 357 期，頁 249- 251）

人生的傷痕

背叛

就像凱撒身上刺出的傷口
每道都走完自己的一生
還有被背叛的驚訝聲
And you, Brutus ?
最後的告別
調子竟仍如此高
把人生裝扮成一首

未完成交響曲。

流亡

只有在暴風雨的島上
大聲呼喚自己名字
不會召來報應。
光輝的過去抵擋不住的
就是現在
順便讓未來在島上蹉跎
每個晚上多的是時間
覆盤人生棋局
在落子聲中
逐漸老去。

自我放逐

入世一點心
就在昨夜入夢來
尼采只讓山中走出一人
查拉圖斯特拉顧盼自雄
一路警世箴言想做救世主；
也有人低調呼群保義
感染眾生
儼然帝國樣態。
江湖總有不馴者
出海學作虯髯客
那一片荒地啊
最適合放逐者
一生的經營。

懷鄉

當拜倫還有心情歐遊四處
看到憂傷淑女
行走於美雅之中，就像
萬里無雲星光閃耀的夜晚；
堂上書生驚白頭啊
高原上風雲變幻
葉片翻滾下陽光閃閃閉閉
從杜甫草堂再怎麼踮
也望不到長安
暮色一下子束攏過來
草原上忽然飄來一片雨
淅瀝淅瀝下個不停。
另外還有一群人

在大西洋岸大雪紛飛的日子
面向西南方
越過一大片阻隔的山丘
再隨著思緒
與太平洋的波浪浮沉
直到島嶼的東岸邊
高山擋路
還是見不到對面山下
親愛的家人與兒時的玩伴。

角落一爐香

背叛流亡放逐與懷鄉的朋友啊
大家都需要一點點小小的救贖
只要放眼
越過山丘穿過海洋走出夢中

遠遠的角落小廟有一爐香
打不定主意的飄著火苗
四面八方的想看看人
從哪個方向來？

天涯若比鄰

但是，天涯哭聲像一束
沒綁好的箭
把小廟射得七零八散
只見殘煙向野地流竄。
歷史就像一卷一卷
燒焦的書
稍一失去綑綁
就呼嘯一聲
到原野與狼煙會合

一路上爭論誰是正史
只有路過的風聲
將廟堂與經史
吹出遍地野花的香味。
找到一點安頓
原只是異鄉人半夜驚醒的願望
哪有這麼多的經史大義
可以從早吵到晚。

假若中原可以逐鹿

有人要葉慈寫一首
關於戰爭的詩
他寧可無言
因為無人能有糾正政治的才能。
但是蘇格蘭高地的風聲

在幻想曲的哀哀之音中
越吹越烈　忽然之間
從各個角落唱出宏偉的頌歌
自己的國家自己救
自由的風在吹
波瀾壯闊的刮進廟堂之中。

假若中原可以逐鹿
背叛流亡放逐與懷鄉的朋友啊
何必在小廟爭點爐香祈求心願
年輕人還在廣闊的山邊等著你
一齊走出關外，在那裡
星光撒在騷動的原野上
滾滾流水則在月光中
一路奔馳激起漫天水花

捲出風雷之聲
自由的風終於能夠在山海之間
輕輕地吹
吹落你一輩子人生的傷痕。

（二〇一五年二月十日）

附記

歷史系老同學邢院士義田兄說，沒有Brutus，哪有壯烈的Caesar，哪有莎翁的好戲？傷痕支撐著英雄，英雄支撐著歷史大戲，無傷不成人生吧。我們都是愛看戲之人，想想也有一點道理，只不過辛苦他／她們了。

（二〇一五年六月，創世紀季刊183期）

死亡的味道

在一連串的災難後
遠方的朋友這麼問
你聞到過死亡的味道嗎？
我說，在翻身之前
有一股香甜
以及燒焦的味道
讓人想沉沉睡去。
但還是決定轉身

原來另一面是
飄著雨的藍色海洋
遠遠的小島上
已經有人在等著我。

與死亡會面
那股味道一直跟隨
等待和解。
但年輕人說死亡不是問題
惟有通過生命的歷練
聲音與憤怒才能找到意義。

我們才從征戰中歸來
劫後只記得清點人數
已經忘掉舞台上曾經

熱烈的
搬演過什麼故事
更記不得曾經
大聲說出的
微言大義。

就這樣
帶著羞愧的心情
回到這個世界
等待記憶的恢復
原來，當我年輕時候
曾經在熾烈的陽光下
大步而行 走在
充滿意義的球面上
那裡

有說不完的青春故事。

（二〇一五年六月二十二日）

在雨暴風狂之中，翻身

蒼白的小孩，正在成長
他們的心底話　其實
早就寫在校園的廊柱上。
但一直要到他們佔領了國家的殿堂
重新寫上一遍
原來，沒有流過血的文字
激發不出深刻的驚嚇
成就不了街頭的力量。

八方風雨在圍城內外交戰
這間國家殿堂　恍惚之間
像是巴士底監獄被攻陷成
放射世代焦慮與新觀念的平台
越過大洋　行過大陸
流竄的無非是這座城市
這個國家年輕人的心情與遠見。
時間的迷霧很快聚攏又發散
歷史啊歷史
接著你要編織出什麼故事？

聽說，遠方有戰爭？
那位一大早起來讀報的老先生
轉頭問即將出門買菜的老太太。
有人要葉慈寫一首關於戰爭的詩

他認為自己應該閉嘴
要不然就在冬夜給老頭子解解悶
因為政治家是搞不定說不通的
這種年代還是別自討沒趣。

但是，這座島上有很多人
在深夜的街燈下來回走動
之後輾轉反側　徹夜未眠
把它當成長年夢境中
一直未能完成的一部分
最好還是霍然驚醒
與過去的良心對話
勇敢面對需要調整的人生方向。
忽然之間，城裡城外
在燈火通明下

大家做著共同的夢
預演著明天的情節。

媽媽說誰讓我家小孩流浪街頭
已經有好幾天沒回家
父親說國家需要你
趁年輕趕快多去走幾回。
媽媽還是說，早點回家來
你喜歡的菜已經燒好在那邊。
年輕人臉上已經處處滄桑
不敢直接通話，就發簡訊說
現在還很忙，讓我做完這件事
很快就可以回家啦。
蒼白但意志堅定的年輕人
正在忙著準備教材

給社會上一堂課
他們心中其實有無盡的焦慮
不知何時自己會被上最後一堂課。

這是一條長而彎曲的路
沿途風聲引路，群山環伺
越過幾條山谷匯聚的母親河
蜿蜒出山的流水撞擊著山石
一聲又一聲提醒回家的路。
但曲折向上的意志從不曾淡退
也不想在半山腰的涼亭稍作停歇

〈總為浮雲能蔽日
長安不見使人愁〉

諸山圍成的平台就差那麼幾步路
那裡應該會烈日灼身，強光刺眼
但在一開一閉之間
一定得以盡窺天下
看出上下百年布局。
這是一群母親的小孩
翻身的聲音
他們說真的不想轉戰各地
變成燒焦的呼喊

〈偶開天眼覷紅塵
可憐身是眼中人〉

當風雨再度揚起
大人們仍然在經營

太平盛世的假象
為什麼卻是我們絡繹於途
像是一群朝聖的苦行僧
還要掛念明天的講堂？
哪裡有一座清澈冰涼的大湖
讓我們可以跳下去
好好洗盡一身的滾燙與污濁
四處看去
哇，好一片亮麗的風景。

後記

1. W. B. Yeats 的「再度降臨」（The second coming, 1920）寫在看不到希望，又是第一次世界大戰剛結束不久，一片破敗舉目皆是殘垣斷瓦的年代，這種「在 20 世紀初，彷彿看到一隻兇惡的怪獸，正蹣跚步向伯利恆要去投生」的再度降臨方式，與人子首度降臨時，東方三博士從遠地趁著星光尋路，趕往伯利恆馬槽迎接耶穌降生的情況相比，真不可同日而語，是一種希望與絕望的分裂，以及明顯的悲觀對比。

台灣曾發生過相隔 25 年的三月學運（分別是 1990 年與 2014 年），雖然同樣是「再度降臨」，卻都是充滿希望的氛圍，一個是精神抖擻的要求「解散國民大會、廢除臨時條款、召開國是會議、提政經改革時間表」，看起來像是學生版的政治與內政改革白皮書；另一個則除了精神抖擻之外，還把它搞成了街頭與廟堂對抗賽，主張「自己的國家自己救」，背後的理路可清楚看出兩大主軸。反對兩岸服貿協定的黑箱作業，只是一個導火線，更重要的應是談判與協定之後的分配正義，與過去一樣存在著嚴重的分配不正義問題，這是台灣仍未解決的內部矛盾，經濟雖在名目上持續有成長，但貧富差距反而擴大，年輕人就業與受薪仍無改進希望，左派思想因之逐漸抬頭。另一主軸則是涉及敏感狀態下的國家對待議題，服貿協定若是在日本與台灣之間或南韓與中國之間簽訂，那比較是經濟問題，但在中台之間就更像是政治問題，牽涉到程序的開放透明與民主，以及信任，人民應有勇氣來背書這類國家大案，但應先建立對話與信任機制。所以看起來，第二次三月學運像是學生版的社會改革與兩岸主張白皮書，執政當局應深自警惕深體其用心，就像政府處理第一次三月學運一樣，因勢利導，轉化成對國家有利的方向發展。兩次三月學運之間的不同，是因為來自社會現況與時代條件的變化，兩群年輕人設若時空對調，恐怕仍會做出相同的事，因為大家想要的都不是（輕鬆的）未來會更好，而是要確定還有（嚴肅的）未來。

第一次三月學運已完成其歷史任務，所要求的應皆已建置在台灣的政治系統之中。但第二次三月學運所主張的，則非台灣政府所能單獨完成者，因此「再度降臨」果然是上有魔咒壓頂，尚未解決，使得這股力量還在內部翻動，迄無消退跡象，且已表現在各項政治活動之中，是好是壞仍待觀察。

2. 在現場及路上與這些歷史事件相遇，或者進行心中對話，經常會被牽動出泫然欲泣的感覺。第一次的三月學運相隔已久，就不談它，來看看第二次吧。在事件剛開始幾天，經常會緩慢走過立法院這座危城（3/18- 4/10, 2014），心情非常不好，常有掉淚的感覺，而且心中憤怒逐漸揚起。這種反應與路過進入第一次三月學運的場域，所引起的飛揚奮鬥之感，對比之下顯有不同。年輕人說我才 18 歲，但國家沒經我同意，想要廉價出賣我的未來，因此我要打下自己的江山，築起自己的城堡，保衛大家的未來。

當年 5 月 21 日凌晨傾盆大雨，驅車前往高鐵途中，放聽「蘇格蘭幻想曲」，David Oistrakh 的琴弦忽有哀哀之音，而且一陣陣吹來蘇格蘭高地的風聲，很快又想起已經走出圍城的年輕人，仍然流竄在風中，苦苦等待誰來兌現應該要有的承諾，現場、路上、風中、雨中，好像處處仍有需要安頓的年輕人。

3. 在風雨聲中翻身事非得已，若進一步成為燒焦的呼喊，更非本意。看看屈原「九章」〈抽思〉最後幾行：「愁歎苦神，靈遙思兮。路遠處幽，又無行媒兮。道思作頌，聊以自救兮。憂心不遂，斯言誰告兮！」歷史上這類充滿無力感的場景經常出現，造成的悲劇不斷，但我們總希望自己會是個例外，能夠翻轉，讓年輕人的聲音不要淪落到只能在風雨之中與在黑暗之中行走，年輕人就是未來，是國家的希望，協助他們的主張得以落實，是一種歷史責任，也是國家領導人最優先的要務。

在資本主義社會中要做好分配正義，從來不是一件容易的事；在兩岸嚴峻局勢下要建置監督條例，並儘速通過服貿與貨貿，也不是一件單憑舉手表決就可做到之事。但時過年餘仍沒有動靜，不同政治力量各有盤算，不以國家未來發展為依歸，是真的辜負了年輕人。這股系統性的力量仍在四方遊走，其實沒有人真正因此獲益。最近又看到高中生為了歷史課綱，陸續集結衝撞教育部，過去在1949年四六事件時雖有一些中學生涉入，但並非主體。這不是一個好的跡象，更可憂的是教育部周圍竟佈滿拒馬與蛇籠，防範應該捧在手心的自己的學生（參見另外撰寫之「歷史課綱十年流變與年輕的生命」一文）。這兩件事的象徵意義，真要好好的研議並找出可以解決的方案，大家都在等待那一片亮麗的風景在轉彎處霍然現身，齊聲歡唱。

（二〇一五年六月端午節／二〇一五年七月七日）

在槍聲中且歌且走
——送給我的革命伙伴

昨夜翻開畫滿等高線的地圖
大夥兒在雷聲大雨中
標定前方一座山頭
那裡羊群遍布
流滿牛奶與蜜的我的故鄉。

兩年征戰
兄弟們身上布滿了傲人的傷口

訴說著一個接一個
荷馬也講不完的故事
在火光照耀下齊聲歌唱。

一路上槍聲不斷
都是自己人有壓不下的焦慮
祈求下一代有更寬廣的道路
他們說　四面八方隆隆的砲火
只是為了指點前進的方向。

原來傷口可以成為一種激勵
大雪紛飛中我們的腳步愈走愈快
台灣啊我的故鄉
在陰暗的曠野，從槍口的餘光中
我們看到了遠處的光亮。

夜裡妻兒走入夢中親切的叮嚀
何不趁著晨光
享受一下趕路的安詳
回來一直等到天亮
替年幼的兒子調好上學前書包的重量。

但是槍聲又一陣陣響起
夥伴們早已備馬戰志昂揚
就差這麼一段路
大家期待著穿越這片草原
好好陪著那初升的太陽。

我們開始大聲歌唱
唱出國家永遠不可缺少的熱情與想像

就這麼一番折騰直到黃昏
周圍的槍口開始齊舉向上，射出滿天煙火
照亮了前方山頭的大模樣。

為什麼要到夜晚
才能互道辛苦，以笑容相向
原來在暗夜的群山中
只有火光能照出
雙方的傷口都指往孩子的方向。

（二〇〇五年十月）

在颱風天想寫一首詩

在颱風天
真的想寫一首詩
寫寫山河
還有大地。

史麥塔納的歌聲
一層一層切入的
豈只是逝者如斯夫
不舍晝夜的流水聲

也不只是山上
樹木搖晃的風聲，
一層一層撕裂的
是在風雨中
裸露的靈魂。

風中的蘆葦瘋狂的
搖擺在露土的河道上
轉眼之間
只剩在水中浮沉的
姿態仍然優雅的葉尖。

風狂雨驟之後
毀壞的大地上
不只唱著一個人的悲歌

也不是只有一顆撕裂的靈魂。
當暗夜來臨
升起的小火
滅了再點 點了就滅
就像貝多芬的大合唱
唱在荒野之中
不知何時可以停止
我那受難的山河。

附記

曾在國家音樂廳聆賞捷克愛樂管弦樂團，演奏全本史麥塔納（Bedřich Smetana）「我的祖國」（Má vlast）六首交響詩，在「高堡」（High Castle）、「莫爾道河」（The Moldau）、「波希米亞的原野與森林」（Bohemian Meadows and Forests）的樂聲中，彷彿置身在山丘上的城堡，看到月光下流動的河水，遠眺應該是波希米亞的原野與森林。聽呀聽的，腦海中浮起當年桃芝風災救災與重建那段時間，經常要到受害最嚴重的信義鄉與原住民部落，去了解災情與需求，從山丘上往下看就是濁水溪上游與陳有蘭溪，再往前眺望就是平野，令人懷念再三的我那受難的山河！

到過捷克多次，布拉格那個城市不會讓你逃離兩個樂聲與一種眼神，街頭上從各個方向，總會細細傳來史麥塔納與德弗札克的聲音，只要你不想當一位神色匆匆的過客，只要你對這座歷史名城還有一點感覺。更令人坐立不安的，卡夫卡的眼神總是凝視著你，要你誠實面對人生的困境，縱使你已經想辦法轉個身，盯著你的眼神卻是越來越凌厲了！理當在這個城市聽本地樂團演奏全本《我的祖國》，之後到這個國家與斯洛伐克的山河之間行走才對，但沒想是在台北完成這件事，真是始料未及。在2004年的七二水災與艾利颱風之後，我寫了一首長詩〈聞雙颱盤踞台灣上空〉，收錄在由印刻出版的詩集《當黃昏緩緩落下》中，並在《台灣921大地震的集體記憶》一書中提及史麥塔納這一段。記憶之為物，雖然有時像迷霧，風一吹就無影無蹤，但有時像一張網，網得你無所遁逃，一直到你承認有這段過往方休。

（二〇一五年七月十日）

漂泊之歌

尤利西斯不只在海中
十年漂泊
越過兩個千禧年
他仍然遊蕩在都市叢林
找不到回家的路。
難道站在多佛的海灘
望出去
就可以循著對岸城市的亮光
一路指引找到童年的教堂？

（秦時明月漢時關
逆反的月光
灑向一片未來的大地
不知那裡已經建好幾間
可以禮佛的廟宇？）

歷史的薄膜
阻擋了希臘的榮光
羅馬的輝煌
以及漢唐盛世
穿梭到現代，
只讓記憶
自由出入幾千年。

（就這樣，每次的爭論
總要提到這塊土地
可以往前推多久？
在現實與回憶之間反覆
漂泊一生）

（二〇一五年七月十日）

母親的信仰

小孩在深井中打水，提著走過一小段砂石地，傍晚沿路八月桂花香，過一陣子母親要他進到小廳堂燒根香，在煙味滿室中喃喃自語，也聽不準究竟講了些什麼，只聽到一直有菩薩保佑之聲，行禮如儀，走這麼一輪好像是經常要做的功課。小時候一直想弄清楚菩薩是男的還是女的，母親告訴他廟裡師父曾告訴過她，菩薩或男或女，是不受拘束的，不過母親心中的觀世音菩薩可一直都是女性形象的。小孩日後閱讀佛教歷史，多少體會出很多類菩薩如地藏王菩薩，其實是有清楚性別的，觀音菩薩好像在唐朝以前是男性後來才轉化成女性形象，這種說法可以是在時間系列上不同時間點的男女表現。小孩日後又讀了量子力學，尤其是知道有一隻量子貓可以既是生又是死之後，開始想像菩薩也可以是男女互疊，在特定時間碰到人時究竟呈相為男或者女，是因機緣而定的，則本質上即共有男女特性，隨時而幻化。

這樣的記憶一直伴隨在夢中，夢了好多次仍是一樣鮮明，彷彿還可聞到水味花香與煙薰。從此小孩長大，雲遊四海，到了歐洲，在這裡愛面子又有教養的人會說，歐洲的盡頭就是拉丁文的界線，哥德式建築消失之處就是中歐的邊界。基督宗教在這裡留下很多地標，還有看不完的雕塑與畫像，他印象最深的當然是聖殤，聖母瑪利亞悲慟的抱著耶穌，在默默無言中度過數千年的孤寂。門徒們冒著生命危險在星光下趕路幾百年，在波瀾壯闊中成就了人類歷史上迄今未有能超越的，特大規模的機構化宣教，只是總有偏執的代理人，忘掉初衷，發動聖戰，販賣贖罪券，嚴重背反因信稱義的基本精神，惹來馬丁路德九十五條論綱的驚天一貼。大家也嚴肅討論真的只有拉丁文才撐得起禮儀與彌撒的神聖性，難道母親的語言不能當為親近人子耶穌與上帝的最短途徑嗎？宗教改革從此漫天吹起自由之風，席捲歐陸大地。

小孩夢到這一段，看到在當年神聖羅馬帝國空曠的大廳中，擠滿了互相辯論互相指責的博學與正信之士，撞擊牆壁四處流竄的回音，嚇得他半夜驚醒過來，想到還是再繞個長路回去打個水，反過來去走一段回歸的旅程吧，這是漂泊旅人的宿命。沒想青苔已經長滿古井的內壁，再怎麼望也看不到自己的身影，走過大概已經更高大的桂花樹吧，又到小小廳堂，母親的宗教啊，根本不需要有人來代言，我就學學她燒根香，這次換我喃喃自語，希望保佑她在天堂可以四處走走，累了就好好睡上一覺，補補過去好幾十年的操勞。

那潺潺的流水聲啊
經常出現在我夢中
走在荒原上

遠古的風在吹。

原來已經離鄉多少年
再度行走於田埂與溝渠間
記憶中的夕陽順著水田
在黃昏中緩緩落下
夢中的古井已經從底下
一節一節長出厚厚的青苔
往下照不出身影
假若轉個身
面向風帆落盡的悲情海面
透過歷史的透鏡
真可看到那位詩人說的
冉冉從霧中出現的
這就是那張讓千艘戰艦出海的臉嗎？

海上霧中原來有更多的青苔啊青苔。

井中刻了不少苔痕
記錄著當年長輩的期許
出去走一趟天路旅程吧
走在石路踏入汙泥
尋找一處可以修行的樹下
一個可以靈修的洞穴
真理會停留在樹下或洞穴嗎？

朝聖是一條長而彎曲的路
折騰很久還切不出人生的形狀
經常是染滿風霜的雙眼
在烽火山河之中
黯黯瞭望來時路

幽暗的通道絡繹前來的
是沿路抖落灰塵
甩髮玩耍的墜落天使，
揮舞著火把面容悲苦的趕路人
一直想超前走入亂世中
闢出一條沒風沒雨的道路。

東方智者夜觀天象
迢迢趕往星星滑落的方向
伯利恆的馬槽在夜晚
閃現出火炬的容顏
尋常人家在苦難中祈求賜福
從來就沒對準過
大都的帝王將相家。

讓和平與光進入國境吧
這是一種熱情一種意志
危城路上關心的聲音不斷
Quo vadis？真的還要進城去！
為了人間獲得救贖
值得再死一次
神的聲音迴盪在牆角
凡人在黑夜中
用嘴唇禱告以耳朵傾聽。

當神遠去
人間不再喜歡平凡的教訓
混亂與陰謀才能醞釀情節
找出意義鋪陳成局
代理人傳出聖諭

戰爭在遠方開打
十字軍就像一場場狩獵遊戲
不知還要燃燒多少年
仍然找不到回家的路。

流浪只是為了返鄉
調整觀看角落光影的感覺
在暗巷中看到出巡後
靜坐橫椅上
乩童流了滿身血
閉目低頭不勝疲憊與苦痛
原來這樣也可代理別人的傷痕
替人鋪出寬廣的平安路
平民百姓的信仰
就這樣在大街小巷轉彎處

蔓延開來。

人總是最後的關注主題，在人與神頻繁的互動下，仍要爭取人的獨立自主與自由，這是一種想與神共存，又不迴避有緊張關係的人文傳統。左派思想的興起，則明確指出政治社會經濟結構宰制了人的自由，驅使人走向異化之途，被壓迫的人不能再有幻想，受苦的人一定要想通，解放的機會終究只操縱在自己手上。就這樣，基督宗教竟成了這些思想的源頭，沒有基督宗教的強大影響，就沒有反叛的主張，歷史真是走了一條弔詭的路。

繞了一圈，神人之間變幻無常誰是誰原無定則，理念先行替信仰定調未免太過沉重，母親的心情只關心子女的福報，簡單的祈求，講給任何願意聽的神佛，逢廟必拜，投射心情於外界，外界神只應該只是她虔誠心意的延伸，拜拜為的是交代自己的心情。菩薩幻化，時常有變身變臉的時刻，遠遠望去——

那不是母親的臉嗎？
她從沒想到過要與誰對話
也沒聽過天使與魔鬼
弄不懂為了拜拜要先戰爭
或者戰爭以後才能拜拜
但只要點起香火
就是要路過的神明
保佑子女的幸福與願望
在喃喃自語中
從來就沒報過自己的名字。

（二〇一五年三月三日）

山丘的記憶

往事順著一行人的意志
攀爬上坡，等待談論
但是風化的記憶就像一張
殘破的巨網
惟有空氣中混雜了桂花與薰衣草的花香
歐風庭園才能誘發失落的歐洲經驗
一路織補，沿著巴黎航向梵蒂岡。

當年華老去，葉慈說

你開始在火爐邊打瞌睡
而年輕的愛意與夢境在半夜逃逸
步上山巔，多變的面孔
在群星中掩藏。
亮麗的山丘是我們的救贖
當花香的餘韻猶在
那張大家重新織成的往事之網
已經搭滿了通往群星的階梯
互道晚安，在風聲中尋找失落的意義。

（二〇一三年二月）

海潮啊海潮

昨夜竟有海水拍岸聲
潮來潮去幾時休
記憶踮腳站在浪頭上
一波一波倒退往後走
還沒忘掉遮眼眺望　岸上
那漫不經心的少年模樣。

三十年縱身一躍
跳入水中

找不到當年記憶落海之痕
水來水去
提醒說那殘思過往
不在腦中深處就是幻象。

自己的記憶自己救啊
我們只是海中過客
看那一群獵殺者
一心一意想撈捕
流落在外的記憶片斷
卻忘了清掃家中的殘像。

杜甫千年的感慨
白雲轉眼成蒼狗
惟一不變的原來就是

那亙古吹個不停的風
何不坐回風頭上一路
叫蒼狗變回白雲舊樣！

後記

2015 年的某一天，報紙興致勃勃的報導台大橄欖球 OB 聚會賽事，連以前我們已做過米壽（88 歲）的老教務長羅銅壁也參加了，仔細一看是老友張海潮籌辦。海潮啊海潮，想起十幾年前在台大校園附近路上碰到他，他說前一陣子被找到香港，一齊驗證演算 Princeton 大學一位英籍教授 Andrew Wiles，在 1993 年解出費瑪最後定理的過程，之後隔一陣子當完系主任後就退休，因為這樣比較有時間作研究，最近則因拜我之賜，又受林長壽請託，常到鄉下與老師交流怎麼教九年一貫數學。

30幾年前，我與他同時到哈佛大學進修一年，那時我們都是台大理學院的副教授，我向他學習到一些什麼才是好的數學直覺，弄清楚如何寫出一個真正的數學問題。他在那一年替一位學生寫推薦信，原先是寫給哈佛的一封短信：「他在這種年紀，已經寫出如下的方程式……」，後來因為亞洲只給一個名額，沒趕上時間，再寫給 Princeton 大學的項武忠。項那時應該是數學系主任與 Annals of Mathematics 的主編，海潮寫的推薦信幾乎只有一行：「這個人比你年輕的時候更反叛」，這意思應該是說，我已經講了該講的話，剩下的你們看著辦。後來這位學生被錄取了，日後成為傑出的數學家，也當選中研院院士。

在劍橋一年期間，常與王群、姜謙、雷霆一齊打球論球，星五晚上到 MIT 打籃球，在球季的雪夜則品評波士頓 Celtics 的表現。姜謙經常說他與王群從清華大學物理系畢業後，一個轉往結晶化學另一轉向生化與分子生物，都不能算務正業，可見那時的風氣及學術發展狀況與現在大有不同。沒想之後30幾年，「此地一為別，「孤蓬萬里征」，只剩記憶偶然會冒出來，但你明明知道他們就在世界上的某個角落，卻是無緣再聚，因為過不久又忘了這件事！王群後來到中研院分生所當研究員，已經退休，從沒再見過面；海潮則還經常在台大校園走動，但幾乎很少在無意中碰到，偶而想起也沒馬上聯絡，一轉眼又忘了。如是者，數千個日子！唉，人生啊人生。

（二〇一五年十一月二十一日）

The last leaf lingering on the tree

當我十月來到華沙
金色的秋天
就像麥穗下垂時
飽和的金黃色。
沿著落葉小徑
造訪帝國的哀愁
蕭邦的祖國琴音
跟著飛舞的葉片
一路迴旋落地

發出黑白琴鍵的
重擊聲響！

科學院外的哥白尼
已經在飽受風霜中
沉沉睡去幾百年
也被吵得坐了起來
沿著王者之路
走過華沙大學
進去尋找
地球轉動的聲音。

波士頓的楓葉紛飛
等不到耶誕過節
環球報頭版的大照片

寫著 最後一葉
懸吊在樹梢
The last leaf lingering on the tree
至於國家大事
還有比葉片凋零這件事
更重要嗎？
城市的風格與品味
正在引導世界向前。

小澤征爾從波士頓花園
跑到維也納過冬
在那裡可以靜靜思考
音樂的殿堂
還可以將人間文明
墊到多高。

這座奧匈帝國的首都
只有默默地在各類頭版
寫出一行字
Seiji Ozawa is coming to town
就像聖誕老公公過境一樣
雪橇上載著波士頓僅存的
頂著漫天風寒
深情款款 飄落的
最後一葉。

（二〇一六年一月）

初夏的蟬聲

小小年紀還不知道為什麼
自然界換了色彩
就是要向上一個季節告別
校園總是傳說　當鳳凰花紅
長亭外古道邊
就要互道珍重
惟有在告別時才發現
蟬聲不絕如縷　像背景一般
沉入沿路的花紅裡面

那聲音在熱氣之中掙扎
說不出聽得懂的話來。

一直要到青春年少
才知校園蟬聲正如心跳
洩漏情愛的秘密
蟬聲不絕如縷　像催化劑一般
鳳凰花在無奈中早熟
催促別離　那年輕戀人
再也無法釘住地面
一路滾入風塵。

之後蟬聲常入夢中
蟬聲一停
就化成一片花紅

彎曲的道路上
從來沒有重逢的故事
中年聽蟬果然有
濃濃的滄桑味。
前一陣子常聽人說
渡盡劫波兄弟在
相逢一笑泯恩仇
在此起彼落的蟬聲中
聽起來　恍如一夢
就希望一生再也不要看到
馬上要燦爛如火的鳳凰花紅。

晚年聽蟬已近黃昏
那蟬聲竟然可以悠閒的
將各種思念

化成一根根在河邊風中
搖擺不已的蘆葦
一弦一柱
追憶起似水年華，
那仍然燦爛的鳳凰花群
欲言又止
在飛鳥的牽引下逐漸遠離
轉化成為天邊戀戀的背景。

（二〇一六年六月十日）
（二〇一七年一月，文訊375期）

在風雨中凝視

遠方濛濛的霧嵐
掃過一片雨
一群人被歷史綁架
在斗室中，不知所以的
聽到雨滴
與偶而掃過的一陣風
就成為過去的囚徒。
總覺得曾經有一個晚上
草山夜雨都快漲滿了秋池啊

一夥徒勞無功的想在下山前
訂出下次見面的時間。

霧中傳來戰馬嘶叫
隱隱有殺伐風雷聲
啊，那裡曾是我們的戰場
闖入啟示錄的年代
有人眼神兇狠的揭開封印
想要遂行最後的審判。
一直等不到救贖，就要起身
迎戰致命的四騎士
誰說我難得這一生
非得遵從神的旨意？
叛逆
才是找回正義的最後手段。

風雨中
看到昔日老戰友
還是騎著那匹瘦馬
挺戈轉戰四方。
愛講故事的好伙伴
當年華開始老去
仍然找不到入口
揮刀加入當年的志業
只好讓好友啊
左衝右突
在過去中走完未竟的傳奇
雜亂的身影
乘著風搭著霧
忽近忽遠

總是忘了在出口處會合。

忽然看到他立起長戈
遠遠有一道閃電打來
戰馬兩隻前腳豎起
轉個方向正好面對
一尊佛陀巨大雕像的背影
前方山下青煙裊繞
應有一座人間寺院
歇個腳禮個佛
再趕回家鄉去。

唉，老是在事後說
我們何時可以會聚西窗下
共剪搖晃不定的燭火

談談當年草山夜雨時。

這陣風雨好像從
聖經方舟開始航行的年代
就開始下起
闡釋了幾十個世紀
還是講不清楚的人間情節。

只有耐心等候
雲來雲去
飛鳥出來探索天空的邊界
這一片原野忽然開朗
原來四面八方
都有講不完的未來故事
正等待被過去關住的人

開門走出來
勇敢的編一齣
這一輩子都不敢做的大夢
趁這時雲開了
乘著風雨的翅膀
往四面八方
分別散去。

（二〇一六年六月十三日，
與台大歷史系老同學雨中參訪信誼農場，遙望佛雕背影）

心情七則

1. 台北

忽然車窗沾滿小雨滴
在半透明中
初夏鳳凰花紅
奮力穿過雨滴
爭奪風景。

再喧囂也不過是

場上喇叭聲音
路上長布橫空
風吹布動
露出一張張
爭辯過後
漲紅的臉。

但是再怎麼大聲
也擋不過
傾盆而來的大冰雹
有人說在一瞬間
看不完驚恐的臉。

荒地上遠遠傳來
下山的歌聲

好像走完山中小路
就可進入繁華的人間
那裡看得見
亂世的風光，
這種忐忑不安
豈可比擬另一種
查拉圖斯特拉下山
君臨天下的心情。

2. 大雨下在溫州街

轉角處的電話亭
靜靜坐在那邊幾十年
看著常常路過的小孩
又牽著小孩來回探視
世界旋轉個不停。

午后灑來一片雨
狂風颳起幾片落葉
只是為了將路面還原成
五十年前的溫州街
那裡曾是菁英薈萃的街區
縱使閃電交加
斗室之內仍有熱情的歌聲
在忍不住的春天 一路開門
航向等待開竅的地方。

對面就是像個小碉堡的校門
擺出那副戰鬥姿勢
已經幾十年啦
仍然擋不住啟蒙的聲音

鑽進校園角落去醞釀
等待時間吹響反叛的號角
一波又一波 跨過瑠公圳
跳過溫州街
往西吹向遊行的街頭
與更大的原生力量會合
攻擊那一堆巴洛克建築群
一直等到它們投降 不情願的
打開一道又一道大門。

從此國家發出不一樣的亮光
從白天閃爍到夜晚
但是，遠方還有一場
生命中最後的戰鬥
那裡的地景似曾相似

近看卻已是新枝糾葛
連先知都無法想像
未來蜿蜒的道路啊
會如何的延伸出去。

3. 華盛頓特區

歷史學家冷冷的
費城立憲是哲學家的聚會
特區治理已是人間政治
要流血流淚啊。
因此，領導班子
斜行憲法大道
從殖民走入現代
懷抱良好治理的心情
最不能忘的

卻是帝國風光。
法相森嚴的特區
多少凌厲的眼光
執意要完成的使命
沿著波多馬克河
一路傳到地球上
不聽話的角落。

大火毫不留情
撲向這座偉人之都
我心中有一個夢
在熊熊烈火中
被煉燒成一句
飄泊在天空的話語
找不到出路，

歷史的警告永遠
不曾遲到
空氣中誰都聞得出
一片肅殺的味道。

只有當初春來臨
櫻花在細雨中飄落
一陣風來落紅片片
午後陽光要很費勁
才穿得過交叉的花陣
習慣發號施令的都市
總算有了柔軟的假面。

4. 紐奧良

法式特區就像一朵朵罌粟花

長在傳統南方的大地上
輕軟即興的歌聲
沿著密西西比大河兩岸
像生命一般　矛盾的混合出
一種迷人痛苦的風情。

依然記得從海上侵入
在濕地上　刮起一陣
趕走一群人　到現在
還回不來的風暴。
玻璃珠在爵士琴聲
短暫的停頓中
飛來飛去
不曾改變密西西比河邊
原住居民的悲歌。

5. 波士頓

Poseidon, 海神大跨步的歌聲
震盪在大西洋的波浪中
居然有一天唱遍整個大陸
撞擊太平洋一向平靜的兩岸。

自由的歌聲沒有邊界
一經啟動
世世代代
傲然挺立的傳統。

一條河流逝者如斯夫
兩岸風光再綺麗
又能穿透多少厚重的歷史

教科書再怎麼述說
都講不清楚的
是時光老舊時
那股反動衝撞的精神。

就如五月花朵
遍開在大地原野上
縱使硝煙處處
何妨奮力一搏？
隔日醒來
荒野歌聲四面八方
就像對離去亡者的祝福
收拾收拾回去
看看荒蕪的田園吧
沒人會想到要先在這裡

標定出為自由而戰的足跡。

但是後世子孫啊
戰爭已是遙遠的記憶
這故事要如何述說
才能在歷史中鋪陳出
可以永被傳頌的戰歌
那就先在都市中找出
一條可以行走緬懷的
自由路徑吧。

老革命早已歸隱
不知當年衝撞的腳步
走的是否這條路線
他們說開過的路

不是要讓人停留在那邊
立下的功勞
也不是要等著論功行賞
何須時時掛懷立都何處
岩石上的臉
要留給霍桑
當作寫小說的素材。

6. 舊金山

隔夜醒來
心中仍有當年車馬向西
一路回頭望的鄉愁。

東岸老家仍在撲滅
勢均力敵的內戰烽火

遙遠的表親　仍然住在
很難聯絡的異鄉。
就這樣一座城市慢慢成形
頭上戴花夏日飲酒的風情
真的不應是大都的風格，
但是百年大震的苦難
沒有活著的人來回看，
臉書卻在這裡
向全世界發動攻擊
都市的面貌
接連斷裂
就像這裡的幾條斷層
都還在活躍之中。

那幾所世界都在傾聽的大學

不曾放棄尋找失落的範型
一直還在不停的說
總可找到關鍵的槓桿
回到歷史感覺強烈的年代
再度捲起千堆雪。

7. 蒙特婁

看那少女　在廣場上
長髮迎空
甩出一股氣流
那心情哪
不就是年輕築夢
舞它一回
逝去的容
在一旁窺探。

那女孩後來沉沉睡去
氣息悠長
夢中迴盪著廣場的風聲
踏著輕快腳步
琢磨古城區的風情
走在那些長磚砌石上
每一塊都傳來哀哀的哭聲
一直撐到夢醒。

（二〇一六／二〇一八）

不安定的靈魂仍在遊蕩

一天過一天　彷彿昨日
仰頭望向深夜的星群
一直看向裡面深藏的河流
亮眼的希望與隱密的慾望
起起伏伏　生起又幻滅。

演化總是留下適應的品種
所以人猴有共同祖先
鳥類當然應該來自恐龍

年輕人應該學到不犯歷史錯誤
黑格爾魔咒不外文人蒼白的詛咒
這些事情如此明顯
何必一再敘說擾人耳目。
沒想莎士比亞離世四百年
一批人還身著西裝在議院上
一邊走動一邊當一回事的說
生命只不過是走動的陰影
充滿了聲音與憤怒
但卻空無一物
脫歐或不脫歐，那才是問題！

畢加索看到洞穴壁畫
鳥羽毛幾筆簡單的描繪
驚嘆幾萬年來沒有長進。

倫敦劇院幾百年前上演的人性
難道就有變更？
希臘悲劇的主調
仍然迴旋在人間
對人生與命運的無理
一再痛下殺手。

科學家總是說
腦袋是一個複雜系統
我們總要從腦內通路
找到人性究竟棲息何處。
文學家轉向內心走一圈
發現心智的舞台燈光變換
上演的還是同一齣戲碼。
政客不想理會個人心智

那事就留給佛洛伊德
去自怨自艾。
他們熱衷鼓動風潮
在集體狂熱中
斯文有教養的臉孔啊
瞬間變成血紅的面具
黑暗力量靜靜走入
來一趟魔鬼的試探旅程。
疑心是最骯髒的種子
讓人長出一樣的邪惡心思
改變歷史　撕裂生命
只剩下領導狂人的意志
所謂人性掛滿牆壁
原來竟是如此卑微。

過去世代的幽靈
還在遊蕩
尚未找到降生之處
狂亂氣流早已橫亙山河
一路迴旋下降。
呼叫人間奇俠
仍在荒野練劍嗎
就請舉劍　伴隨風雷
刺向那隻邪惡之眼。

（二〇一六年七月八日，聆聽呂紹嘉指揮 NSO 演出 Verdi 歌劇 Otello 之後）

荒原之歌

威尼斯人在中古時代經營共和國，意氣風發之時，晚上經常夢見亞得里亞海上沉沉的夜晚，傳來漁人歡樂的歌聲。16世紀中葉前後地中海風雲乍起，羅馬教廷及西班牙哈布斯堡王朝，對抗奧斯曼帝國，分兩次在Malta小島上（1565）與Lepanto海域（1571）混戰，神聖同盟想搞一次海上十字軍，攻往伊斯坦堡，以雪1453年君士坦丁堡的失城之恨，對戰雙方都想要在連通大西洋與黑海的直布羅陀，以及博斯普魯斯海峽之間，奮力拉出一條根本沒有必要存在的海上領域線，來彰顯天國威儀，地中海戰船的哭聲因此從白天傳到黑夜，難以止息。戰爭無非是不考慮成本的殘忍演出，人命依照劇情出場退場，一陣陣呼天搶地之後，百年孤寂，就像歷史上翻過的一頁，打玩了也忘了當初的劇情與誓言，又各自往西往東尋找新的傳奇，地中海就留給那些滿腹鄉愁忘不了的人吧。

一位聖約翰騎士負傷漂流在克里特島待了下來，但丁曾說克里特島是地中海的荒原，這位騎士開始一生中無止盡的漂泊，尋找特洛伊古戰場以及敘說戰後海上漂泊的旅程，本來就是荒原旅人必作的功課，赫然發現尤里西斯已經終老故鄉，海上滄桑的痕跡已經消去，留下來的是滿身倦怠，想要先好好休息幾個寒冬，再出門到都柏林去找那位作家，談談他的一生吧。這位不死之人，走過一次世界大戰前後，覺得還是在戰場上，才有講不完的故事，在漫天灰塵中，碰到身著長袍在阿拉伯半島遊蕩的勞倫斯，聽聽他想顛覆奧斯曼帝國的驚天計畫，之後踏上艾略特詩中戰後的四月荒原，又一路走入海明威的小說，變成那位在海中鯊魚環伺，仍然奮戰不懈的老人，雖然保不住他的馬林魚，晚上卻轉進夢見更大隻的獅子，老人在山腳下整裝待發，槍枝已經上膛，初升的太陽穿過樹葉，熱情的招呼他，一路跟蹤著大腳印，追向山邊，卻看到等在那邊瞪著他的獅子。

現代的故事，反而缺乏傳奇色彩。清晨上游下起雨來，溪水漲起，為了求經一路前行，剛好在河邊搭住帳棚的現代旅人，受到驚嚇，趕緊改往上走，沒想登上一望，竟是一片大荒原，再怎麼看也看不出邊界在哪裡，只好累了就在洞穴中過夜。經常在夢中看到一隻驢子，走在沙漠上已經好幾天，又乾又渴，後來終於出現兩條小溪，驢子猶疑不定，不知先走往那一條，終於在兩岸之間來來回回，飢渴而死。

啊，遠方的天空
看不到風吹雲動
就像麻醉後的病人
躺在手術台上。
腳下的細草
在殘酷的大地上
喊不出一點生命的渴望
那春雨哪
還在山邊醞釀。

這應該是詩人對一戰之中與之後，所想要表達的旅者絕望之歌。旅者手上拿著十字架，黯黯瞭望一片蒼茫，遠處仍有火焰在閃爍，這是一條既無細雨又無微風的塵土路，從黑暗走到黎明，夜中似有煙花棋局，走馬燈般演著一生的故事，凌晨破曉發現竟然已經一路走到懸崖邊。

就像一隻找不到家的漂泊鳥，去找找原鄉吧。走在荒原上，遠古的風在吹。記憶中的故鄉，是過了一夏蟬聲的校園，半夜橫躺椰林大道往上望入星空，或者在風飄雨飛的空曠大操場上，趁著沒人，學卡夫卡大聲喊叫自己的名！原來就是這種抽痛的心情，一道陰影從旁走過，不以為然的說：醒來不知身是客，夢裡猶是異鄉人。風中總是有夢，夢中回到以前曾去過的的黑山群丘，一層再一層，真是諸神的黃昏，暗夜只剩銀河星辰，徒然出來尋找認識的友朋，雨聲中的黑暗群山，風中傳來荒原之歌。

從傍晚開始，鬼魂們在亙常的風吹之中，興緻勃勃的梳理打扮，為的是要參加夜晚魅影宮的化裝舞會，也不只是懷鄉情懷，更是要去追求認同！四面八方走到聚光燈照亮的通道，向前行。荒原的風愈吹愈大，沙塵揚起，在燈光中粒粒可見，進宮前也沒辦法整理儀容，就這樣蓬頭垢面進去吧。一仰頭，久違的浪蕩天王端坐金色聖壇上，居然頭頂還發光呢。各位遊魂，我們今天晚上聚在這裡，就是為了重整軍容，化妝舞會過後，馬上進攻中土，我們過去的故鄉。這一片流放的荒原竟然這麼廣大，還沒走到地平線，朝陽也還未升起，就聽到鷄啼。

對面來了一位旅者，看起來飽經風霜，堅毅的性格漫佈全身，他說宣道之人本就是長期行走於曠野，一路替人尋找救贖，還有自己的解放，走入歷史長河之後，根本不知道會在那裡上岸，就像過河卒子，只能奮勇向前，沿路自有蒼鷹引路，但是為什麼你看起來神情這麼疲倦？荒原旅人被這番話嚇出一身冷汗，一抬頭，藍得發亮的天空下，真的有一群野雁，終於在兩個千年等候之後，等到可以為他引路之人，再度越過大沙漠，走向伯利恆。

救贖總是發生在長長的彎路上
荒原的風景隨著心情在變幻
亞得里亞海的歌聲從不曾停歇
四月荒原也漸漸被走出
好幾條細雨微風路。
生命的永恆之歌
如一條吹不散的煙雲
在風中傳唱千年
鱒魚在溪流中陪著唱出
我的故鄉　我的歡樂
蒼鷹在上　一路盤旋
總是能從不同角度
指往新生嬰兒的方向。
沒想到一瞬間
荒原上已經擠滿了

趕路的人潮
哈里路亞的大合唱
催促著
鷹飛草長。

附記

艾略特（T. S. Eliot）在一戰期間（1914-1918）與之後，寫過兩段文學史上極為出名的詩行：

1. The Love Song of J. Alfred Prufrock （1917）

Let us go then, you and I,
When the evening is spread out against the sky
Like a patient etherised upon a table;
……

（我們就出去吧，你和我，
當黃昏在天空中攤開
像病人麻醉在手術台上；
……）

2.The Waste Land （1922）

<The burial of the Dead>

April is the cruellest month, breeding
Lilacs out of the dead land, mixing
Memory and desire, stirring
Dull roots with spring rain.
……

（四月是最殘忍的月份，培殖
紫丁香，從死地之中，混雜著
記憶與慾望，擾動
遲鈍的根苗，以春天的風雨。
……）

（二〇一六年十二月二十四日）

阿拉伯的勞倫斯

說不定是他的表親這樣說：
我從不曾見過一隻小動物
會為自己哀傷
小鳥寒凍而死從樹枝上掉下
也從不會覺得要為自己哀傷。

家鄉是隱姓埋名
忘掉沙漠風塵的好地方
你可曾想像自己在秋天

如一面葉片從樹上飄落
而感到大惑不解？
恰恰就是那種感覺
當別人問起我最近在做什麼
而我也認真的想要了解時
就是那種掉下來的感覺。

自憐不是我的風格
那是一段應該忘掉的往事
別問我為什麼
就讓它墜落吧，
雖然這張樹葉迴旋在天
總想述說自己的故事
但在風聲聒噪中
聽不到心悸與寂寞，

那片沙漠 從來就不是
讓人懷念的地方
那裡埋藏著我一生
老早就想翻過去的那一頁。

附記

1. 差不多與阿拉伯的勞倫斯（T. E. Lawrence, 1888-1935）同期的英國作家，D. H. Lawrence（1885-1930）曾寫過一首〈自憐〉短詩：

Self-pity（1929）

I never saw a wild thing
sorry for itself.
A small bird will drop frozen dead from a bough
without ever having felt sorry for itself.

（我從未見過一隻小動物
為自己哀傷。
小鳥寒凍而死從樹枝上掉下
也從不會覺得要為自己哀傷。）

2. T. E. Lawrence 在 1935 年 5 月寫給藝術家 Eric Kennington 的信中說：

「You wonder what I am doing? Well, so do I, in truth. Days seem to dawn, suns to shine, evenings to follow, and then I sleep. What I have done, what I am doing, what I am going to do, puzzle and bewilder me. Have you ever been a leaf and fallen from your tree in autumn and been really puzzled about it? That's the feeling.」

「你想知道我在做什麼？喔，說真的，我也想知道。日子一天一天先是黎明，接著是陽光普照，又到夜晚，然後睡覺。我做了什麼，正在做什麼，將要做什麼，這些都困惑著我。你曾像一片葉子在秋天從樹上飄落，而且又覺得大惑不解嗎？恰恰就是那種感覺。」

（二〇一七年一月三日）

穿越時代的目光

凌厲的目光 橫空殺出
交會的血跡掉落在海洋
撒滿連年陰雨的大地上
只有當出生嬰兒
偶而傳來的笑聲
讓征戰雙方
暫時弄熄嚇人的
烽火與砍伐聲音。

沾著血　在亂世中
談談愛情吧
這是受難之人的天命。
就是那道眼神
引發不忠與背叛
特洛伊在連天的大火中
背負永不止息的追殺
以血交換狂亂如落箭般
屈辱的目光。
歷史的救贖一直在進行
盲眼詩人的吟遊詩篇
一代傳給下一代
要注意每隔一陣子
就會出現的危險眼神。

回到多風的小徑上
順著池塘的水波望過去
一道凝視的眼神
像是梵谷的畫筆
在尋找燃燒的色彩。
無關歷史 不涉命運
這道目光盯得你發麻
告訴你 過往就如雲煙
風中之歌雖然動聽
卻是編織的故事
沒有心跳躍動的聲音，
我就住在炊煙升起的地方
快快越過池塘一路趕來
這是一場不能遲到的

人生約會。

（二〇一七年一月七日）

相逢大甲溪畔

1. 趕路

虹吸鋪管受重力導引
翻山越嶺忽上忽下
管內洶湧澎湃
沒人能看透我們
急急趕路的心情。
灌溉是存在的理由
搞定了才能在晚飯後

聽到鄉民說幾句像樣的話。

2. 夢中的小孩

當風雨止歇　亮麗的天空
開始書寫快雪時晴帖
晚上開始要作夢的小孩
一翻身就告別了童年。
溪中石頭來來去去
年年變換滾動的聲音
已經沒人找得到
當年哀哀哭聲
一路陪著尋找的河岸。

溪畔水中已不見亂石
傷痕就像　昨日的雲煙

沿著岸邊敘說離情
生命的呼喊一路往下流去
不忘回頭揮手道別。

相逢總是要再一次失去
就連青春也是地平線上
被山川層層攔阻的落日
記憶在後苦苦追趕
愈是急迫　退得愈快。

山上野櫻依然淡定
在清冷中閃閃放紅
迎風晃動的芒草
切割流動的日光。
不堪一路頻頻回首

重逢若在黃昏後
人間不許見白頭。

3. 懷念

漸行漸遠的不是只有容顏
還有不甘被遺忘的記憶
以及櫻紅白芒與野薑花。

陽光是最好的解毒劑
一年再過一年
殘破潰敗的必將再起
受苦的人不知悲傷
也沒時間自憐 一步一步
在陽光的祝福下
將山坡穩住

將河岸與河道舖平。

終於要說再見了
此地一為別　孤蓬萬里征
我們互相的思念
日後抬頭總會看到
白雲的問候　還有遠遠的
落日故人情。

後記

1. 幼華台大環工所退休後，洗盡一身風華到 San Mateo 去寫環保專業回顧文章，更重要的是要孵蛋寫小說，試試他老姊於梨華走過的路；小如中研院動物所退休後，又當了龐大的國際鳥會會長，野鳥高飛的個性表現得更厲害了；長義則在台大地理系退休後，幫忙法鼓文理學院開設相關環境學程，不改他一生正面向上，一直累積能量的生活。很難得的，我們剛好在除夕前找到一個時間，可以去谷關聚聚。

我另外開車從新社進谷關，白冷圳那些吸引目光，翻山越嶺，過去用來灌溉蔗苗、種苗、農業、及輸送民生用水的大水管，與倒虹吸管，迎面而來。大水管靠的是「水往低處流」的重力原理前進，並沒有用到抽水機這類動力驅動方式，但因為取水口（大甲溪上游的白冷高地）海拔約 555 公尺，與目的地（新社河階台地）約 532 公尺的高度，上下垂直高度只差 23.49 公尺，兩地卻相距16.6公里遠，中間隔著好幾道起起伏伏的山區與河谷，所以不可能一洩到底之後再走平地，用這種方式是不可能把水送往目的地的。故非不得已不直接下山，而是先利用緩慢下降的落差送水，必須翻山越嶺地走，但有時會被迫要先下山，譬如兩山之間有大谷地，不可能大幅懸空通過，這時怎麼再上山就是一個必須解決的工程難題。

白冷圳用的方法是「倒虹吸管」，水管走到了阿寸溪時就碰到這個問題，一號倒虹吸管就此產生。倒虹吸管可以想像成是大溪谷的U字或V字型滑水道，水管從上邊的山頭順著滑水道下衝，衝力讓它產生自然的動力，衝到底後，壓迫前方的水流，走了一段後，從山底往上衝向另一邊的山頭。這裡用到了大氣壓力的虹吸原理，但因為形狀與傳統虹吸管剛好相反，所以稱為倒虹吸管，利用落差位能，累積動能，在不得已需先下再上時，則利用動能將水擠壓上去，以避免逆流或停滯，接著再以位能送水，將來自大甲溪的水，分送各地。在興建過程中，一定會遭遇到不少水壓的計算，以及水管構型的工程設計問題。

該一水利工程（1928年興建1932年啟用，圳水長度16.6公里），與日治時期從武界引水（1934 完工注水，引水道約長 15 公里），送水到日月潭以提高水位，利用高低落差的重力原理協助水力發電一樣，同屬台灣中部地區的兩大驚人水利工程。

送水管系統在 921 地震後嚴重受損，白冷圳先在重建委員會協助下，將其當為文化資產的一環，進行社區總體營造工作，後來成效斐然，令人高興。

2. 車行甚速，接著經過裡冷部落與松鶴部落。當年整條線上落石不斷，一碰上大風雨就大坍方，沿路弄了幾個明隧道。再下去就是台八與台八甲（青山下線），原來是從上谷關通到德基水庫的重要道路，那是個充滿爭議的地方，也是一個不知要花多少錢才能解決的地方，921 重建時若開國際標，估計不低於三百億，吵吵鬧鬧之後以修建臨時便道，供當地居民使用為原則。谷關那座東西橫貫公路入口的大牌坊還在，現在看起來已是繁華的溫泉區，雖然要直通到德基與梨山仍有困難。這裡主要是泰雅文化區，但大都是漢人在經營具規模的飯店旅館，與仁愛及信義兩鄉並無兩樣。這三個地方是台灣過去占地最大的原住民鄉，在台中縣市合併後，和平鄉已改名為和平區。

負責 921 重建約兩年之後轉到教育部，有一次委員在立法院教育文化委員會問我，知不知道原住民有幾族，我說需要一個個講嗎，她一聽就不再問了；接著問我有去過什麼部落嗎？我可不能回答說去過她的選區和平鄉，但也不願意講最近沒去過的部落名字，就說最近很久沒去拜訪了。沒想過了十幾年，還是沒逃脫這個魔咒，想忘掉的終究逃不掉因果，那張網可就從來沒離開過。大地震把河邊的山石都搖鬆了，稍有風雨就落石不斷，根本承受不住大颱風。2001 年 7 月底桃芝颱風再度繼 921 地震之後重創南投，2004 年 7 月 2 日敏督利颱風與 8 月 24 日的艾利颱風接連重創和平鄉，尤其是大甲溪畔的松鶴部落。2004 年後半我已離開 921 重建會與教育部，但在敏督利颱風七二水災之後，曾與當年同事到松鶴部落去探視，看到滿坑滿谷的落石堆積在流域之中，令人十分感傷。我在〈聞雙颱盤據台灣上空〉（2004）一詩中，最後一段寫過我一直念念不忘的，大甲溪與陳有蘭溪左岸的小孩：

不知何處吹蘆管，一夜征人盡望鄉
山中隆隆的滾石聲，聲聲滾入

左岸所有小孩的夢中
夢中的小孩臉都朝向右岸
那裡應該是我明天睡覺的地方。

受害最大的松鶴部落位在大甲溪左岸，想像夢中的小孩不由自主的，都將頭轉往右邊，期待一個安全地方，這是一種童真的想像與期盼，其實右岸要不然山壁阻隔，要不然一樣是危險之地！災難總有過去的一天，當天空再度放晴，小孩可以是很健忘的（就像歷史容易被忘記），也可以是很陽光的，一旦再入夢中，一翻身可能就提早告別了童年，壓下恐慌，童真的想像與期盼一去不復返。

那些小孩經過這十幾年，應該都已長大，更多到外地去了吧！在他們夢中，還會偶而出現這一段嗎？我也許可以安排去看看那幾位當年的小孩，但見了面大概也是恍若一夢，不會有什麼交集吧。鮮明的感覺經常只會留在當下，大人的記憶常常在提取上出現困難，小孩的記憶恐怕有更多是在成長過程中，來不及紀錄進去，或者沒時間回憶以致流失的問題。

損壞的石岡壩，斷層剛好在底下爆裂（洪如江／提供）

3. 回程路過921兩個特大災區之一的東勢（另一為埔里），進入石岡已復建完成更見規模的劉家伙房，小小聚落無限溫馨；由土牛村與梅子村媽媽組成的石岡媽媽劇團，當年更是走了一大趟生命告白，引發很多共鳴。大甲溪上的石岡壩與埤豐橋則復破復舊如新，已經完全沒有過去刊印在期刊論文，與國際知名教科書（Bolt, 2004）封面上的淒慘模樣。當年舊人已不知行走何處，想必一切安好。李白有一首〈送友人〉：

青山橫北郭，白水繞東城。此地一為別，孤蓬萬里征。
浮雲遊子意，落日故人情。揮手自茲去，蕭蕭班馬鳴。

恍惚之間也不知當年是誰送誰了，十餘年後更不知誰懷念誰，懷念之意在風中，似乎是越吹越響了。

（二〇一七年一月二十七日 除夕）

久違的石岡壩與埤豐橋（黃榮村／提供）

明天與意外的對話

一位小女生夜夜夢到
野渡無人舟自横
河面不知有多寬
一層層細細的薄霧
一伸手就可以撥開
卻永遠看不到對岸
她寫封信問問明天
可以順利行船嗎
回覆說明天與意外

究竟那一個會先到？

看起來不只是霧迷津渡
這條河真的有對岸嗎
小女孩繼續在夢中提問
難道一直要征戰到
地與海的盡頭　才知道
明天不會有意外？

快雪之後總會有時晴
王羲之在冷冽空氣中
橫空書寫　修帖問候
靈動的筆畫之中
深藏著明天的情意。
氣象報告說北方高壓

緩緩南下
快起風了
就來調調航行的方向
好像天晴至少還會撐到
所有雲霧都往四面八方
散開　對面河岸
開始若隱若現。

（二〇一七年二月二十二日）

命運的名字叫23

很多人堅持說
人生的道理還是要讓
染色體來書寫生命23章
高貴的行為背後 都應有
細細的鎖鍊指向源頭。

自由意志當然受控於基因
意志豈能有真自由 但是
我們真要讓基因

用這種錯亂的文法
撰寫生命莊嚴的根源？

而且紅海與歷史就在不遠處
自從摩西帶領族人走過
一直荒廢至今
命運仍然遊蕩在紅海邊
就要被鎖死在岸上
即將敗壞的身體裡面。
誰說山河有邊界
四處不都是亮光嗎
在強風中　紅海分分合合
就是沒人敢縱身一躍
天堂永遠在等敲門聲。

還好人間有東坡先生
他喜歡走自己的路
從西湖的水土飛揚中
硬是走出一條
歪歪扭扭的蘇堤路
一路柳樹成蔭　遠遠望去
不就像2與3
緊緊相連在一起？

好一片尚未命名的風景
四面八方伸展出條條長路
看不到地與海的盡頭。

（二〇一七年二月二十三日）

風雨之歌

平野上發亮的夏草

楓葉仍然青綠的山頭
一陣風來　才驚覺故鄉
已越離越遠

往下望去　大河之外
一片還沾著露水的夏草
斜躺在初醒的平野上
猶未忘昨夜曾出現在
兵士一直不想停止的

夢境之中。
當陽光急著驅趕殘留的露珠
迎風晃動的狹長葉片
將原野反射成一片
發亮的戰場

兵士好幾個夜晚
都夢到在戰場中來回奔跑
銳利的刀鋒在風中鏗鏘作響
眼角餘光看到
竟有一片發亮的草原

曾不一瞬　將星墜落
黃昏過後　夏草窺伺
等著夜深時再循路

爬上山丘
進入久違的戰士夢境中
豈知找遍整個山頭
再也看不見外鄉的武士
都回家了嗎？

就這樣　度過一整個無夢的
荒山之夜

夏草　是昔日兵士之夢
僅存的殘跡

附記

源義經的傳奇、武功、與悲劇，是日本大河劇永不厭倦的主題之一，反映的是日本人對平安朝與鐮倉幕府的無窮想像，以及對源氏及平家爭奪政權過程的著迷。松尾芭蕉在〈奧之細道〉的旅程中短暫走訪平泉高館，這是源義經逃亡後，在無可奈何下自殉之處，芭蕉在此山丘緬懷過往，寫了如下句子：「三代榮耀一睡中……爭功名於一時，終歸化為草叢。國破山河在，城春草自青……」（鄭清茂譯注〈奧之細道〉，聯經出版，2011年）。在這段短短的平泉之旅，芭蕉寫出了廣被引用的俳句：

夏草や
兵どもが
夢の跡

此句情感上之來源，應是取自杜甫〈春望〉詩中「國破山河在，城春草木深」之意。

底下是幾個可供參考的譯文：

高館草無垠

猶記當年兵　痕
功名夢難尋
（陸堅譯）

夏草啊
義經主從
夢之遺緒
（林水福譯）

夏草萋萋
將士用命求仁
夢幻一場
（鄭清茂譯）

夏草
昔日兵士之夢
僅存的殘跡

（取自平泉毛越寺句碑之英文解釋：

The summer grass
'Tis all that's left
Of ancient warriors' dreams）

（二〇一七年十月十一日，走訪平泉毛越寺、中尊寺、與高館山丘之後；文訊，389期，
二〇一八年三月號，頁176-177）

在海水中弄影寫容

潮來潮去本來就不是要留下
海岸的人間記憶
海水起浪時偏偏有人
在水鏡前弄影寫容
在陽光照耀下
浪頭幾個翻滾
好像整個大海真的為他
演出全本人間大戲。

惟有芸芸眾生的業障
才值得如此巨大水體承載
流來流去不知邊界
理順一邊 很快就在
另一頭湧現。

這樣一片大海 上下幾千年
人類苦痛在翻滾
業障左衝右突難以脫逃
在浪波之中 還要如此
攬鏡自照 裝腔作勢
或者宣示大國威儀嗎？

大白天見到鬼
咄！

附記

訪松島海邊臨濟宗瑞巖寺時，看到一張曾當過住持的薩水宗箴（1824-1916）自畫像，上面有幾句題字：

業債難逃 東涌西沒 弄影寫容 光風霽月 咄

他大概是想藉此講幾句禪宗式的語言，所以畫了一張自畫像並趁機補白，聊發警示之語，否則對一位得道高僧而言，何必如此落於下乘留下世間相，或者像梵谷一般，在心情激盪下畫出自畫像？松島瑞巖寺乃松尾芭蕉〈奧之細道〉路途的重要一站，伊達政宗家族版籍奉還後，曾是明治天皇臨幸之所，寺前句碑群中，也立有李登輝夫婦2007 年奧之細道的探訪紀念。如此看來，當為一位瑞巖寺住持，應算是德高望重，藉此機會寫幾句針砭之語，也是合其身分的。

（二〇一七年十月十四日；文訊，388 期，二〇一八年二月號，頁 176）

預見諸神的黃昏

清香瀰漫的森林
已經在雨中起霧
應該是一個寧靜的午後
只是仍然擋不掉
跨過葉片 四面八方
無止無休的牧歌。
望向一片大草原
想像時間就這樣一輩子
凍結在歌聲穿梭往返的

林間小路上。

在聖經流行以前
不遠處那座殘破的巴別塔
在神與凡間交界處
從來不曾放好一磚一瓦
總是喃喃不休
永遠在爭辯中建了又毀
懷疑與破壞
才是諸神的道理。

戰神化身天鵝
在凡間行走
離去前心中充滿愛憐
一路想像新生的嬰兒

樹中劍在林中深深隱藏
但是那塔啊
從來就沒停止過指指點點。

兄妹從此委身泥塗
歷經傷痛之後重逢
無邊戀情像火一般燃燒
竟釀成亡命根源
天界撲殺何曾在意
親情與權力的界線。
女武神逆天呵護
無力扭轉兄長的宿命
只留遺腹子亡命天涯。

當嬰兒還沒誕生

齊格非　這個名字
已經點燃四周的火山口
等著接應黑雲之下
即將竄出的閃電。
劇情已經寫好
等待孩子長大
將諸神送往黃昏。

附記

呂紹嘉又率 NSO 到台中國家歌劇院，分段演出華格納《尼貝龍指環》的系列作品，這次是《女武神》，劇情大約是天神佛旦的權力與宰制慾望強烈，也常在現實壓力下進行利益交換，洵致泯滅人性，擬藉其鍾愛的女兒女武神之手，執行其意志，收回留在凡間私生子手上的神劍，並以死亡懲罰其亂倫的私生子女兄妹。惟女武神違逆戰父心意，助其同父異母兄弟一臂之力，佛旦大怒之下到現場碎劍，讓他的私生子因此命喪森林中，女武神在明知將被戰父嚴厲制裁下，仍不悔其志，護持兄長之妻離去（也是女武神的同父異母姊妹），以生下日後的齊格非（Siegfried），預示了諸神的黃昏。這是一場沉重的命運大戲，剛好是華格納風格得以演繹之處，紹嘉性格與這些劇情及音樂是否相侔，已非重點，卓越的指揮與樂團及劇團，就在於能夠自由出入這些經典之中，作出恰如其份的詮釋，還有在那種什麼都尚未出現，齊格非也只是一個未出世的名字時，就風雨欲來，預見到諸神的黃昏，正一步一步逼近。

我從年輕時就常聽人提起華格納（Richard Wagner，1813-1883），是一位大音樂家，但也是一位具有爭議性的藝術家，他在精神深層上與叔本華的生命痛苦本質論，以及尼采的強人哲學思想是相通的，對種族主義與社會達爾文主義式觀點似有偏好，他的音樂被希特勒視為日耳曼精神象徵。這些批判性元素聽起來都不會形成令人愉快的組合，因此華格納的音樂很少成為我們年輕時候的選項。但是時間可以促進理解，尤其在聆聽簡文彬花了很多時間與 NSO 合作琢磨的演出之後，比較能夠深入了解尼貝龍指環作品背後的悲劇性。

那幾年我一直關心台灣在發生 921 大地震之後，大家曾經緊密聯結在一起，付出了愛與關懷，也在這個過程中獲得寶貴的防救災經驗及思考，但可嘆的，遺忘也同步在發展中，若沒有警覺心，過去的經驗與反思可能對抗不了進行中的遺忘，就像風中花絮，一一沉入土中永不再現。遺忘是一件可怕的事，在荷馬史詩中，提出木馬計屠城的希臘英雄尤里西斯，十年漂泊，一心一意想返鄉，努力抗拒美味的忘憂果，以免失去過往記憶或因此而迷失回家的方向。拒絕遺忘不只是要抗拒誘惑，也表示要繼續承擔責任，因為遺忘有時會帶來不必負責任的好處。在《尼貝龍指環》的《諸神的黃昏》中，屠龍英雄齊格非在一連串精心設計的詭計下，被誘喝忘情水，遺忘記憶，因此走上背叛的旅程，背叛自己最親愛的妻子，也背叛自己的良心，洵至因此喪命，更在一場報復性的大火中，讓無辜的諸神走向黃昏。

龍與諸神都是過去的生命，也都在現代中失落，雖然他／她們都有過光輝時刻，可是黃昏的陰謀已在醞釀。希臘神話與西方文化傳統的諸神，以及建國與毀滅神話，大部分都太過人格化，創造出太多凡人式的七情六慾，所以不很適合當作信仰的對象，迴異於後來的正信宗教，這類西方諸神真的很快就走向黃昏，更被安排上演一齣屠龍或

《諸神的黃昏》這種大場面。但是信仰不應那麼快走向黃昏的。

這是生命中的悲劇本質，若能有所選擇，或許我們應該抗拒成為失憶的齊格非，趕緊跟上揚帆中的尤里西斯才對！

（二〇一七年十月十五日）

月光下

月光下
捷豹兜著圈子
沉思。
烈火中
鳳凰忙著
自焚

那人找不出大道理
就一直轉身

用不停的自旋
蓄積能量
等待捷豹與鳳凰
走完命運的步伐。

三者相逢
一定是雷電交加
風雨路上左顧右盼
仍然找不到
前進的路標
就這樣卡在那邊。

一直到隔年冰雪消融
才發現

人間的最愛　原來是要
等到雲淡風輕。

（二〇一八年一月二十日）

兒子的眼神

古代帝王從來不想
看進兒子內心
那隱藏在溫順背後
一閃而逝的
叛逆眼神。

現代的反叛寫在臉上
溫柔的瞬間
一閃而逝

父母苦苦追求
難以找到安心的詮釋。

兒子的眼神就這樣
橫亙幾千年
出入高山大海。

其實最難看透的
還是那顆黑眼珠
牽動著自由的心思
幾個世紀以來
不曾停止跳躍
苦等著果陀。

附記

有一次參加兒子在國小的表演，小小個子臉上有著專注表情，好像有熊熊火光盯著指揮的手勢，轉到哪裡就跟到哪裡。第一次見識到兒子專注好奇的眼神，嚇了我一大跳，深刻影響了日後30年對他的看法。

（二〇一八年一月二十五日）

風雨欲來

烏雲壓得低低呀
連地平線那頭
也沾滿水氣
那位小男孩就踮起腳
站在環繞的低壓中
等待就要掉下來的
驚天第一滴

（二〇一八年一月二十七日）

馬丁路德從維登堡走到萊比錫

這條路上吹著自由的風
秋天的落葉被吹得七零八落
舖出一條日後的天路歷程

有人重返馬丁路德之路
發現那是一條短短的
人間小路
就從維登堡走到萊比錫

一輩子哪
全世界都在傾聽
這條路上的辯論聲音。

附記

馬丁路德（Martin Luther, 1483-1546）的宗教改革行動深具傳奇色彩。西方教會史上最出名的事件之一，就是1517年馬丁路德在德國小鎮Wittenburg的城堡教堂大門上，依照當時神學辯論慣例，貼了一大張用拉丁文寫的95個疑問，要求就贖罪券問題進行公開辯論。在論綱中反對用販賣贖罪券的錢去建聖彼得大教堂，否認教宗有權力豁免任何生前或死後的刑罰，主張基督徒只要真心悔改，就算沒有贖罪券也可完全脫離刑罰與罪。雖然馬丁路德是不是真的用這種戲劇性方式來作表現，還是學界有時仍在辯論之議題，但是沒人否定有這件涉及宗教本質的歷史論辯。

1519年Leipzig辯論，對手認為他的主張與百年前Constanz大公會議，被判為異端的胡斯（John Hus, 1372-1415）所宣揚的一樣，但馬丁路德不客氣的說教宗和大公會議都可能犯錯。之後則確立了馬丁路德的主要信念：人之獲得救恩，唯有依靠基督（solus Christus）、solus gratia（憑藉上帝的恩典）、sola fide（唯有信心）、sola scripture（唯有聖經）。這些可說是新教信仰的要旨，也是因信稱義論的核心。

1520 年教皇簽屬一份詔書，焚燒路德著作並要求在 60 天內收回論綱所述內容，95 條論綱被指控對抗教宗與大公會議。路德不僅詛咒這份詔書，而且公開燒毀教會法規與這份詔書，馬丁路德稱這件事讓他獲得前所未有的自由與愉悅。

1521 年公布 the Edict of Worms（沃木斯法令），依此判決馬丁路德為異端，他很可能落得像胡斯一樣被焚燒的下場，人文學家 Ulrich von Hutten 說自由的風在吹（Die Luft der Freiheit weht; The wind of freedom blows），以示支持路德並替他辯護之意。這句話後來成為 Stanford 大學校訓（在老大學中極少數的德文校訓）。馬丁路德很幸運的逃避掉異端追殺，而且還翻譯了德文本的新約（原為拉丁文），以及德文本的舊約（原為希伯來文）。

馬丁路德的改革聲音聽起來非常熟悉，那就是現代講法的「回歸基本面」，教育改革就叫回歸教育基本面，宗教就是回歸宗教基本面，回歸耶穌基督回歸聖經，再無其他。

（二〇一八年二月十日）

巴黎值得一場彌撒

將心情全部放空
想起血流成河的苦難
還有未來街上的歡欣
巴黎，就讓它值得
再辦一場盛大的彌撒。

兵士們在教堂門口若有所思
放下轉戰四方血跡斑斑的兵器。

但是同志們心中仍然淌血

他們需要城裡的另一場聚會
那裡沒有莊嚴的儀式
他們只是手指緊握　認為
相信才是信仰的一切。

也許巴黎不能只靠彌撒
與滿城的鐘聲
就可以獲得救贖
那就換個地方到南特城裡
想想如何多弄幾條
可以通往天堂的道路。

附記

天主教信仰在法國是淵遠流長，甚至在十四世紀中葉以前有所謂的「亞維儂流亡」，亞維儂成為教宗的固定駐地，十四世紀後期還鬧教宗雙包案，一在羅馬一在亞維儂，後來在1414-1418的康士坦斯大公會議（Konzil von Konstanz）才獲解決，可見法國皇室在此過程中的嚴重涉入。十六世紀初，天主教是法國國教，教會實際上從屬於國王，但在十六世紀初期開始了馬丁路德的宗教改革，喀爾文從巴黎逃亡到日內瓦創建教派後，回傳法國，信奉新教的人越來越多。在1560年左右，這些新教徒在法國被稱為胡格諾派（Hugenotten），為結盟會的意思。1562年開始，天主教與胡格諾派爆發武裝衝突，史稱「法國宗教戰爭」。法國宗教戰爭（Guerres de religion），又名胡格諾戰爭，在1562-1598年間連續八次戰爭，對當時的法國造成嚴重破壞，在宗教戰爭中的嚴重程度，僅次於造成八百萬人喪生的三十年戰爭（1618-1648年由於神聖羅馬帝國內部天主教與新教紛爭，引發之大規模國際戰爭）。

在這種氛圍又有好幾次宗教戰爭下，亨利四世在歷史中性格鮮明的大出場，為了結束宗教戰爭而改宗天主教，頒佈南特詔書，最後又有頭顱失而復得的歷史傳奇。開創波旁王朝的法國國王亨利四世是新教徒，但巴黎城內以天主教徒為主，亨利四世為了保命與獲得統治權，在1593年改宗，留下一句名言：「巴黎值得一場彌撒！」1598年，亨利四世在南特城頒佈法令，即南特詔書（Édit de Nantes），宣佈天主教為法國的國教，同時也給予胡格諾宗教上和政治上一定的權利。南特詔書實際上是交戰雙方妥協的合約。該詔書也是世界近代史上第一份有關宗教寬容的敕令，也是自羅馬帝國後，歐洲史上第一次的宗教並存。亨利四世簽署了這條敕令後，立刻遭到天主教徒的強烈反對，亨利四世之孫路易十四在1685年頒布《楓丹白露敕令》，宣布基督新教為非法，南特詔書亦因此被廢除。

1610年5月13日，亨利四世於巴黎遇刺身亡，有人認為他是把法國從廢墟中重建的國王，並稱其為史上最偉大的基督徒。亨利四世的遺體於1793年法國大革命時期遭革命份子盜取，頭顱在收藏家間不斷轉手，但當時並沒有人知道那是亨利四世，2010年經由法國法醫學界鑑定後正式公佈此頭顱是亨利四世本人。

（二〇一八年三月）

乘著歌聲的翅膀

南方慵懶的歌聲
傳來黑色棉花田
濕熱下的無奈心情
這樣的日子長得就像
一輩子。

希望與出口
恰恰就是天地之間
永遠擠不進來的字眼

只有深夜夢中
曾經有過短暫的煙花
醒來只剩下凌晨上工的
沉重步伐。

湯姆叔叔的小屋一到夜晚
就可見到神的足跡
白天凹陷的泥土中
盛滿難以化解的傷痕
受苦的漫漫長路
不是天使的歌聲
就可以輕易化解。
一部黑奴籲天錄
透露了一整個世紀
追逐自由的滄桑。

藍調的歌聲再度飛揚
裡面滿滿的憂傷與祈望
一生中找不到的出口
先在這十二小節中
聽到細微的福音
從棉花田中像漣漪般
擴散出去
沿路上不斷有人
收到歌聲中的哀痛
開始行走整個國度
發動遲來的悔改與救贖。

靈魂搭乘著藍調的翅膀
穿透進入爵士的風采之中

現身在搖滾的聲光之海；
萬人鑽動夜色燦爛的天空下
那股歷史的哀愁與反抗
還在歌聲中流轉嗎？
這種對話還要淪落到
乘著歌聲的翅膀
才能輕柔的展開嗎？

咆哮的聲音隆隆響起
星空下望不盡的棉花田
已經傳來出發的腳步聲。

附記

1. 由於對關稅保護、聯邦組成、與廢奴各項觀點上的重大歧異，爆發了1861至1865年間的南北戰爭（American Civil War），是美國歷史上最大規模的內戰。這也是第一場真正的全球原物料危機，一舉切斷自1780年代以來，支撐全球棉花生產與全球資本主義之間的關係。棉花的豐厚利潤加深了美國南方，對種植棉花及擁有低成本奴隸人力的依賴，南北雙方對關稅保護與可能阻礙生棉出口的利益及觀點大不相同，引起極大紛爭，在這整個過程中，「棉花」與「奴隸」一直是南北對抗中的核心關鍵字。

英國的工業革命造就了棉花帝國，在美國南北戰爭之前，生棉佔美國產品出口總值61%，英國每年需要的棉花有77%來自美國，棉花已是全世界最重要製造工業的核心成分，當時英國以全國十分之一資金投入其中，出口總額有一半是棉紗和棉布，整個歐洲與美國都依賴可預期的低廉棉花之供應。由於美國內戰，失去最主要的生棉來源，英國製造業與民生大幅凋敝，因之在帝國思維下擴展殖民勢力到印度與埃及等地，以確保棉花供應及低成本勞力，實質的奴隸人力供應方式，開始流竄全球，成為新型帝國主義的開始。（另可參閱Sven Beckert（2014）. Empire of cotton: A global history. New York: Alfred A. Knopf. 林添貴譯（2017）《棉花帝國——資本主義全球化的過去與未來》，台北市遠見天下文化出版）。

2. 在美國南北戰爭之前，1852 年有一位 Hartford 學院女老師，也是廢奴主義者的 Harriet Beecher Stowe，以湯姆叔叔的小屋為主要場景，寫了一本反奴隸制度的小說《黑奴籲天錄》（Uncle Tom's Cabin; or, Life Among the Lowly）。本書從基督新教觀點抨擊奴隸制度的罪惡與不道德，成為 19 世紀全世界最暢銷的小說，銷售量僅次於聖經。在南北戰爭初期，作者曾被稱為是「那位引發一場大戰的小婦人」。

3. 藍調（Blues）是早期美國南方黑人種植棉花時，生活艱苦下發展出來，抒發情感的音樂，基本架構很簡單，三句歌詞，通常是 12 小節曲式。藍調被認為是爵士樂與搖滾樂的源頭之一。

（二〇一八年三月）

歷史悲劇走不上天堂路

還沒死透的悲劇
如何走上天堂路？
再怎麼深呼吸
血滴都會穿過時空
塗出一段在遠方揮劍
呼喊不斷面貌模糊的
人間故事。

一堆人在火光中

姿勢蹲低情詞懇切
唱著遺忘之歌
永不停歇的魔音
輕柔的壓著夜色
一直唱到月沉星稀。

先人仍然年輕的靈魂
輾轉反側已經數夜未眠
弄不懂如何將鮮明的記憶
那一段受苦撞擊死亡
在黑暗中滴血不止
找不到出路的無聲吶喊
一一撕碎讓流水帶走
我的心中情感澎湃
如何得以止息。

趁著黃昏夜色
所有的臉孔逐漸模糊
盯視的眼神不再凌厲
也許大家講些貼心話
懷念那段革命的日子
以及狂風暴雨帶來的
碎了滿地的命運。

沿著海岸長堤
走過來又走過去
辯論未竟的志業
還有誰能完成？
海浪聲音轟擊
從來聽不清楚結論

只好沉沉睡去。

清晨 在荒草薄霧中
尋找從長夜中醒來
滿臉淚痕的靈魂
談一談剩下來的路
應該怎麼走出去。

附記

研究舞台悲劇演出效用的人，總會説富有故事性的悲劇，在勾起恐懼與憐憫之後，讓情緒得以宣洩昇華而且淨化，觀看的人好像因此而獲得救贖。只是這種亞里斯多德式的演戲詩學觀點，並未能適用在真正切身的歷史悲劇事件，所累積起來的恐懼與怨恨上，也無法從解構的過程中讓情緒得以宣洩，更別提昇華與淨化。其中最主要的差別，在於人類切身性，它不是神話故事中的悲劇，亦非想像中的悲劇，它是真正發生在人類的歷史與切身的地域之中，針對這些悲劇，大家不只有恐懼與憐憫，還有壓抑不住一直再現的疑惑與憤怒，更需要追究責任，以回復公道與正義。

在這類事件中，有兩句最常被引用的話，一個是在228事件中的「可以原諒，但絕不能忘記」，另一個則是國共互殺多年後的「歷盡劫波兄弟在，相逢一笑泯恩仇」，至於白色恐怖事件，應該是比較偏向前者。這兩句話的對象都是還有記憶的直接或間接當事人，這意思是雖然事件的過程與結果仍然記住，但希望這些事件的情緒反應能下降到最低，這種期望背後的假設認為，人的理性認知與強烈的情緒是可以分離的。但這種二分法恐怕太過一廂情願，因為記住的事件中已經糾纏了很多情緒成分在裡面，在每一個時間片段都有事件發生（episodic memory），是很難將情緒成分抽離出來的。只有在下一代人自然的開始用理性認知觀點，看待該類事件時，才比較有可能做到所謂的「可以原諒，但絕不能忘記」，因為事件的歷史已全面揭露，針對事件發生的前因後果以及後續處理已有了解，此時對事件的了解中，已相當程度的拉出一個歷史距離，情感涉入性質也有了轉化，這時在沒有遺忘下嚴肅的談論原諒，或者是一笑泯恩仇，也許會有一個較好的起始點。

對待歷史悲劇，也許就是釐清真相還有給予時間，讓人的尊嚴得以恢復，重建社會正義與理想的未來道路，除此無他。

（二〇一八年二月二十八日）

山河群相
——走出一片風景

山中驚見銀河

繁星滿天是孩童的仰望
在黑夜中尋找銀河
是一輩子的期望。
當燈光亮起　街道上講的
無非是最近的人間事
要碰觸遠古的光線

還是得上山　循著星光
等待龐大星群的出現。

當遠古星光紛紛打到身上
飛舞的光流忽前忽後敘說著
山中旅人的前世與今生
仰頭一望　竟是
孩童時候在廣場上聊過天
從此沒再打過招呼的
那個愛講話的寂寞銀河。

月光下趕路

月光下趕路
不是旅者唯一的關切
在月光下推敲

為什麼在空無人跡時
那隻迷路的鳥
還要在黑暗群山中
尋找失落的親人
自己也找不到出去的路。

潤物細無聲[1]

好雨總是隨風潛入
陪伴在冰冷月色中
不想繞出去的夜晚。
一直要到春天來臨
那一陣雨輕輕灑出
像細絲一般
撫慰了舖滿在夜色下的
牆角與滿滿一池的浮萍。

慈悲心走了漫長同理路

凡人的慈悲心
要走一條漫長路
在泥濘中初嚐不上不下的
人生感覺以及別人的掙扎
原來你我之間早已有一個
頻率相同的共振空間
那一條同理路真的很漫長
讓我們慢慢的互相擺盪
翻身跳上慈悲的道路。

不要站在道德高地咆嘯

所以，底下還有很多

卡住的漂泊靈魂
四處遊蕩
不要搶佔到道德的高地上
肆意咆嘯
他們無力的抱著頭
哭泣一整個夜晚。

入海口群鴨飛起

還是一大早相約在河口
一路延伸出去的是
無窮無盡的大海
就在這入海口相遇
群鴨飛起
伴著我們貼著海面
檢討慈悲心

如何流轉在泥塗之中
轉登高山又遊於大海。

觀音回眸 2

回眸一生
就在倒敘中看到
台上的角色走入台下
共同演出心中的菩薩相。
台上最後一次華麗轉身
為了開枝散葉的傳承
以及人間滿佈的義行。

色即是空 3

尚未霹靂一聲響時
無空更無色

之後空即是空，因緣而生色
那山縫間的野花
有人觀看就一時明亮起來
今年春天花開得特別艷麗
那人已經向世界告別
花草兀自在山中自開自落
空中再也無色
花花草草原來一場空
殘念，從來沒有停止的時候。

河流知道出路就在轉彎處4

讓流水拓延出去
不能只想抓住河岸
前方就是一片濕地
之後繞向遠遠的雲間。

抗拒固執的意念
只有在轉彎處
藉機拋開河岸把自己潑向
不可知的未來
在那裡有等待定義的
一直變幻的空與色。

聖者從不停止呼喊

朝聖的旅程
總是無比的艱辛
聖者從不停止呼喊
火把不停的向每個路口丟出
沿途都是等待翻轉的
靈魂與命運。

附記

1. 杜甫〈春夜喜雨〉：

好雨知時節，當春乃發生。
隨風潛入夜，潤物細無聲。

2. 王海玲一生奉獻豫劇，2017年11月26日公演《觀音》，回眸歷年台上演出，可說是一路上替他人塑出心中菩薩相，今日華麗轉身，一轉身就從演出走入傳承。

3. 空與色本不相涉，空中無色，無受想行識。但因有心之介入，色即是空，空即是色，受想行識，亦復如是。當身體不復存在，原有之心智是否離身轉往另一時空，以何種形式存在（如獨立存在的靈魂），皆未可知，此時空與色是否回復不再相涉，或因靈魂存在故空與色又再相涉，亦未可知。就像時空本不相涉，但因重力故，讓時空糾纏在一起；心智或靈魂亦如重力，讓空與色糾纏在一起，當心智或靈魂不再存在，緣去則入空，空即是空，色即是色，空中無色，色中無空。

4.自己的命運要自己展開，就像蘇東坡在前赤壁賦中說曹孟德的，當年舳艫千里，旌旗蔽空，釃酒臨江，橫槊賦詩，固一世之雄也，而今安在哉？人生如流水，不要執著於抓住兩岸，應重新定義命運，以免最後只剩託遺響於悲風。

（二〇一八年三月）

未竟之歌

Dylan Thomas 的未竟旅程

我們在這裡講的是一個有關時間的三部曲：詩人要臨死之人不要靜靜走入那長夜，那人卻在恍惚之間跌入暮光迷離的時空，最後在燃燒中唱完生命之歌。這是一個必須要走，但可以走得有派頭的宿命之旅。這裡提到的詩人是狄倫·托馬斯（Dylan Thomas），放在這裡並非因為他將生命的喜悅與死亡講得最好。他的前輩詩人濟慈（John Keats）燃燒自己生命與鮮血，歌頌生命的美好，詩名無人能及；艾略特（T. S. Eliot）與葉慈（W. B. Yeats）行走在一戰後的荒原之上，以及面對再度來臨可能是惡魔的宗教性恐懼之中，對死亡有更深刻與更系統性的體會。若如此，則何以狄倫？因為他的詩裡面充滿了熱烈情感的跳動，不像艾略特與葉慈厚重的知性與批判，也不像濟慈全力細緻的歌詠浪漫美感，狄倫的詩經常是失序與強烈的，好像有一股生命之火在幽黯中跳躍，充滿了黑色迷人的語言，表現出死亡的呼喊與撞擊。

但是，狄倫顯然沒有走完時光的三部曲，他在沒有預期也沒準備下，以令人不解又令人痛心的方式離開人世，來不及在恍惚之間，進入漫漫長夜走一趟，也來不及走出長夜，在熊熊烈火中，自自在在唱完全本的生命之歌。我們就替他來走走這一趟吧。

不要安靜走入那個美好夜晚：試譯 Dylan Thomas（1914-1953）詩四首

狄倫寫的幾首經典詩作，如〈And Death Shall Have No Dominion〉（而死亡不會稱霸四方）、〈Fern Hill〉（蕨類山丘）、〈Do Not Go Gentle Into That Good Night〉（不要安靜走入那良夜），深刻影響了數代藝術家，從 Bob Dylan（他的本姓是 Zimmerman，因 Dylan Thomas 而改姓）到 John Lennon 都是，披頭四（The Beatles）的名曲唱片 Sgt. Pepper's Lonely Hearts Club Band（培伯軍曹寂寞芳心俱樂部樂團）封套上，名人齊聚，就放了 Dylan Thomas 的人頭照。最近狄倫的〈Do not go gentle into that good night〉（不要安靜走

入那良夜）這首詩，因為反覆出現在名片「星際效應」（Interstellar）中，讓大家又掀起一股狄倫熱；這首詩也是英語系國家舉行亡者告別式時，有時會吟誦的詩文。

Dylan Thomas 的詩是適合公眾朗讀，挑起矛盾迷離，又富有情緒感染性的詩歌，當他朗誦〈And death shall have no dominion〉（而死亡不會稱霸四方）時，不只讓人想起新約聖經羅馬書 6:9 的句子「Knowing that Christ being raised from the dead dieth no more; death hath no more dominion over him」（因為知道基督既從死裡復活，就不再死，死也不再作祂的主了），同時也讓人想起 John Donne（1572-1631）在聖十四行第十首詩中，對死亡所提出的挑戰，他說：「死亡，你不必如此驕傲」（引自 John Donne，Holy Sonnet X: Death, be not proud），而且最後還對死亡喊話：因為短暫的睡眠過去之後，我們將會恆久的清醒，所以「死亡，你去死吧」（Death, thou shalt die）。英國人對這些應該都是很有感覺的，因為古往今來就死亡所寫所畫所譜的名作，早已成為西方傳統的一部分。

底下依年代列出四首狄倫常被引用，且與死亡、生命、以及時光流逝有關的詩作，試譯並作注解。狄倫的詩常具有迷人的內在節奏與旋律，且善於用韻，包括頭韻、尾韻、與行內及跨行韻，因此常在公開場合與廣播上朗誦，獲得很大成功，但西方詩評家普遍認為很多狄倫的詩，需要多花些時間走完一遍，才有可能得到較清楚的了解。狄倫的詩難譯，在於其詩中之特色語法，以及流動跳躍的想像與對比，不過，具有原創性的現代詩歌不常是如此嗎？這四首詩都各有幾位名家不同版本的中文譯詩，經過比對發現同一首詩的各個版本之間，多多少少存在有一些詮釋與譯詩風格上的差異，也有若干不一致的翻譯歧義在。底下就嘗試從自己的了解與觀點，試譯並作必要的注解，固不敢自以為有什麼超越之處也。

（1） And death shall have no dominion

—Dylan Thomas（1933）

And death shall have no dominion.
Dead men naked they shall be one
With the man in the wind and the west moon;

When their bones are picked clean and the clean bones gone,
They shall have stars at elbow and foot;
Though they go mad they shall be sane,
Though they sink through the sea they shall rise again;
Though lovers be lost love shall not;
And death shall have no dominion.

And death shall have no dominion.
Under the windings of the sea
They lying long shall not die windily;
Twisting on racks when sinews give way,
Strapped to a wheel, yet they shall not break;
Faith in their hands shall snap in two,
And the unicorn evils run them through;
Split all ends up they shan't crack;

And death shall have no dominion.

And death shall have no dominion.
No more may gulls cry at their ears
Or waves break loud on the seashores;
Where blew a flower may a flower no more
Lift its head to the blows of the rain;
Though they be mad and dead as nails,
Heads of the characters hammer through daisies;
Break in the sun till the sun breaks down,
And death shall have no dominion.

而死亡不會稱霸四方

而死亡不會稱霸四方。
亡者裸身他們將合為一體

與風中之人以及西邊的月；
當他們骨頭被撿起洗淨又消蝕離棄，
他們在手肘邊在腳下仍將有星辰；
雖然他們瘋狂一陣終將回神，
雖然他們沉沒海中終將再起；
雖然愛人亡逝愛不會止息；
而死亡不會稱霸四方。

而死亡不會稱霸四方。
大海波浪長天洶湧
他們躺臥長久也不會隨風而逝；
在刑架上扭動當肌腱已失去力量，
綑綁在轉輪上，但他們並未崩潰；
信仰在他們手中折成兩半，
獨角神獸的邪惡穿梭其間；

所有裂解他們終將不會被擊退；
而死亡不會稱霸四方。

而死亡不會稱霸四方。
海鷗可能已不在他們耳旁呱叫
或者海浪已不在岸邊喧嘩；
吹拂花朵之處不再有花
昂首面對風吹雨狂；
雖然他們如此瘋狂如錘釘般死亡，
充滿個性的頭顱仍撞擊著墓上雛菊；
冒出頭來闖入陽光直到太陽崩亡，
而死亡不會稱霸四方。

附記

1. 本詩名稱的不同譯名有「而死亡亦不得獨霸四方」（余光中）、「死亡也一定不戰勝」（巫寧坤）、「死亡也不得統治萬物」（書白）、「而死亡也不得稱霸」（北島）等。本詩係來自狄倫回應友朋要求他寫一首有關永恆（immortality）之詩所寫，名稱應是來自新約聖經羅馬書 6:9（第六章第九節）的句子「Knowing that Christ being raised from the dead dieth no more; death hath no more dominion over him」（因為知道基督既從死裡復活，就不再死，死也不再作祂的主了），此處強調再起復活，本詩調性亦與此相符，以彰顯永恆之意。狄倫常自稱喜愛閱讀聖經與莎士比亞作品，除本詩標題有所本外，整首詩亦有莎士比亞雄辯的風格。

2. Unicorn evils 之意殊為難解，因為 unicorn 為神獸，具有耶穌或神的象徵義，代表的是善，將邪惡與之並列，形成矛盾對比，可能係指信仰裂成兩半，善惡對抗，未見真章之前是善惡難明，每個人都以為自己是奉正朔，獨角神獸般的邪惡則穿梭其間，但縱使分崩離析，總有底定的一天，我將再起。

3. 在本詩中，肉體、心智、信仰、愛情、靈魂、自然界事事物物全部糾纏在一起，但結論是所有短暫過去之後，永恆的面貌靈動在天，而死亡不會戰勝也不再能夠控制，死亡不會獨霸四方。

（2） The force that through the green fuse drives the flower

–Dylan Thomas （1933）

The force that through the green fuse drives the flower
Drives my green age; that blasts the roots of trees
Is my destroyer.
And I am dumb to tell the crooked rose
My youth is bent by the same wintry fever.

The force that drives the water through the rocks
Drives my red blood; that dries the mouthing streams
Turns mine to wax.

And I am dumb to mouth unto my veins
How at the mountain spring the same mouth sucks.

The hand that whirls the water in the pool
Stirs the quicksand; that ropes the blowing wind
Hauls my shroud sail.
And I am dumb to tell the hanging man
How of my clay is made the hangman’s lime.

The lips of time leech to the fountain head;
Love drips and gathers, but the fallen blood
Shall calm her sores.
And I am dumb to tell a weather's wind
How time has ticked a heaven round the stars.

And I am dumb to tell the lover's tomb
How at my sheet goes the same crooked worm.

通過綠色引信點燃的力催生了花朵

通過綠色引信點燃的力催生了花朵
驅動我的綠色年少；它炸開樹根
那股力量毀滅了我。
而我無言以告彎折的玫瑰
我的青春也是被同樣的寒冬折磨。

驅動水流穿越岩石的力
驅動了我的紅色血流；弄乾潺潺溪流的力
凝固了我流動的血液。
而我拙於讓嘴唇告知血管
如何就是這張嘴吸吮著山泉。

攪動池中水的那隻手
撥弄著流沙；拉調風向的手
拖曳著我裹屍布的風帆。
而我無言以告被懸吊的人
如何我的泥土成了絞刑手的石灰穴。

時間之唇緊緊咬住泉水的源頭
愛情滴落而又凝聚，但落下的血
終將撫慰她的苦痛。
而我遲遲無法告訴路過的風
如何時間滴滴答答圍出一個天堂環繞著群星。
而我無言以告情人的墓叢
如何我的被單上爬著相同的蠕蟲。

附記

這是一首寫於 1933 年，與〈而死亡不會稱霸四方〉同年的詩作，是一位 19 歲年輕人情感豐富，思緒混亂，但意象十足氣勢驚人的天才之作。也許用看〈而死亡不會稱霸四方〉的心情閱讀，比較能夠出入詩人流動的黑色想像之中，那是生生死死，沒有邊界，沒有結論，走到哪裡感覺到哪裡的生命之歌。狄倫是英國威爾斯人，威爾斯有很長久的文學與詩歌傳統，狄倫是 20 世紀延續威爾斯該一傳統的最重要詩人。19 歲在當時的英國與威爾斯可以代表很多意思，不能用現代觀點看待。19 世紀英國大詩人濟慈只活了 25 歲，發表出名的〈初讀查普曼譯荷馬〉（ On First Looking Into Chapman's Homer, 1816）時才 21 歲，狄倫自承受濟慈影響頗深；同樣是 19 世紀的思想家 John Stuart Mill，自認並非絕頂聰明之人，但經過嚴格訓練，九歲即遍讀希臘史家的重要著作。20 世紀的愛爾蘭大詩人葉慈，也是在 20 來歲即已出版詩集。狄倫雖然不是傳統式的英國年輕天才，16 歲離開學校之後當過短期記者，但在之前即已創作詩歌，在 1933 年也就是 19 歲時，已詩名在外，吸引了幾位元老級詩人如艾略特、Geoffrey Grigson、與 Stephen Spender 等人的注意。

（3） Fern Hill

–Dylan Thomas （1945）

Now as I was young and easy under the apple boughs

About the lilting house and happy as the grass was green,

The night above the dingle starry,

Time let me hail and climb

And honoured among wagons I was prince of the

Golden in the heydays of his eyes,

apple towns

And once below a time I lordly had the trees and leaves

Trail with daisies and barley

Down the rivers of the windfall light.

And as I was green and carefree, famous among the barns

About the happy yard and singing as the farm was home,

In the sun that is young once only,
Time let me play and be
Golden in the mercy of his means,
And green and golden I was huntsman and herdsman, the calves
Sang to my horn, the foxes on the hills barked clear and cold,
And the sabbath rang slowly
In the pebbles of the holy streams.

All the sun long it was running, it was lovely, the hay
Fields high as the house, the tunes from the chimneys, it was air
And playing, lovely and watery
And fire green as grass.
And nightly under the simple stars
As I rode to sleep the owls were bearing the farm away,
All the moon long I heard, blessed among stables, the nightjars

Flying with the ricks, and the horses
Flashing into the dark.

And then to awake, and the farm, like a wanderer white
With the dew, come back, the cock on his shoulder: it was all
Shining, it was Adam and maiden,
The sky gathered again
And the sun grew round that very day.
So it must have been after the birth of the simple light
In the first, spinning place, the spellbound horses walking warm
Out of the whinnying green stable
On to the fields of praise.

And honoured among foxes and pheasants by the gay house
Under the new made clouds and happy as the heart was long,

In the sun born over and over,

I ran my heedless ways,

My wishes raced through the house high hay

And nothing I cared, at my sky blue trades, that time allows

In all his tuneful turning so few and such morning songs

Before the children green and golden

Follow him out of grace.

Nothing I cared, in the lamb white days, that time would take me

Up to the swallow thronged loft by the shadow of my hand,

In the moon that is always rising,

Nor that riding to sleep

I should hear him fly with the high fields

And wake to the farm forever fled from the childless land.

Oh as I was young and easy in the mercy of his means,

Time held me green and dying
Though I sang in my chains like the sea.

蕨類山丘

當我曾經年少輕鬆斜躺蘋果樹枝下
聽著房屋輕吟又是綠草如茵令人愉快，
山谷樹林上面的夜星光滿天，
時間令我歡呼讓我攀登
他那最美好日子的雙眼洋溢金色彩霞，
在馬車群中無比榮耀我是蘋果鎮上的王子啊
曾有一段時間我神氣地擁有林木與樹葉
伴著雛菊與大麥同遊
追逐風吹陽光下的河流。

當我還是綠色年華無憂無慮，揚名農倉之間

在庭院的玩樂與歌唱農場就像我的家，
在只年輕過一次的陽光底下，
時間讓我嬉玩　而且
在他的恩寵下過著黃金歲月，
在翠綠與金黃的原野我是獵人與牧民，小牛們
跟著我的號角唱起歌來，狐狸在山丘上清冷吠叫，
安息日的鐘聲敲響　緩緩
迴盪在聖潔流水的鵝卵石間。

太陽跑了一整天，可愛愉快極了，乾草堆
四處像房子一樣高，煙囪如歌的調子，它是氣流
在玩耍，可愛像水漾流晃
而火光燒出如草一般的綠樣。
在單純星光下夜晚降臨
當我準備睡覺貓頭鷹正要將農莊搬移位，

在月光下我聽了一整晚，在馬廄的祝福聲中，夜鶯們
與乾草堆一齊飛翔，而馬兒們
閃電般跑入黑暗。

之後醒來，而農莊，像個流浪者全身白透
帶著露珠，回來了，肩膀上一隻公雞：全部都
閃閃發光，那是亞當與少女，
天空再次會合
而太陽圓滾滾就在那一天。
所以一定是第一道晨光之後
從最開始的，錘紡之地，興致勃勃的馬兒溫暖
走出嘶鳴的綠色馬廄
進入頌歌不絕的原野。

神氣的混在狐狸與野雞群中就在歡樂房子邊

在新生的雲朵下氣息悠長高興不已，
在一次又一次升起的太陽下，
我無視風雨的恣意奔跑，
我的願望在屋旁高草堆中穿過
而我無所顧慮，在我與藍天的交易中，時間許可
以他如此罕見盡其所能的美妙婉轉歌聲與這樣的晨歌
在小孩的翠綠與金色年華之前
賜予恩寵讓我們跟隨他一路歡樂。

而我無所顧慮，在羔羊潔白的日子，時間帶著我
登上在我手掌影子旁邊燕子盤據的閣樓，
去看總是上升的月光，
也不想急著入睡
我應該傾聽他在原野高空的飛翔
而後從農莊中醒來永遠告別沒有小孩的山丘。

喔在他的恩典中我曾年少輕狂
時光讓我綠意盎然也帶我面對死亡
雖然我綁著鎖鍊歌唱就像大海一樣。

附記

這是一首有關童年的快樂回憶，但在最後營造了一點從青春年少走向死亡的哀歌，有人說這首詩的基調是青春的悲歌（lament for the youth），最後的「我綁著鎖鍊歌唱就像大海一樣」（I sang in my chains like the sea）更經常被引用。但就全詩來看，這種認定並不恰當。

他的前輩詩人艾略特與葉慈塑造了一個特殊的，強調詩藝之知性與社會性的傳統，他們對第一次世界大戰的來臨與後果，都有很深刻的批評，而且寫入詩中，思有以匡正政治社會之意。狄倫也是身處戰爭帶來的後果之中，但他在本詩中回憶兒時經驗，應係在一戰之後，詩中卻完全看不到任何威爾斯鄉下山丘如何受到戰爭的摧殘，以及戰後的困苦，反而是充滿了童稚的歡樂，可說完全沒有任何社會意涵在，有些詩評家曾對此頗有微詞。事實上狄倫的早期提攜者與詩刊 New Verse 主編 Geoffrey Grigson，曾一般性的就狄倫的詩提出批評，認為他的詩慣用高蹈式語言（towering phrases），引申很多但講得很少，缺乏意義性，還有他的過度幻想與詩作的晦澀。這就像在一戰期間，巴黎富裕人家子弟普魯斯特（Marcel Proust, 1871-1922），躲起來寫他的特長篇《追憶似水年華》，言不及義，好像戰爭完全沒發生一樣，因此普遍受到當時社會氣氛影響下的攻擊，包括來自存在主義思想家與文學家的批評。狄倫的傳奇應也可作如是觀。但這股社會氣氛隨著時間逐漸消退之後，他們愈來愈受到喜愛，而且成為世界級的作家與詩人。

（4） Do not go gentle into that good night

–Dylan Thomas （1951）

Do not go gentle into that good night,
Old age should burn and rave at close of day;
Rage, rage against the dying of the light.

Though wise men at their end know dark is right,
Because their words had forked no lightning they
Do not go gentle into that good night.

Good men, the last wave by, crying how bright
Their frail deeds might have danced in a green bay,
Rage, rage against the dying of the light.

Wild men who caught and sang the sun in flight,

And learn, too late, they grieved it on its way,
Do not go gentle into that good night.

Grave men, near death, who see with blinding sight
Blind eyes could blaze like meteors and be gay,
Rage, rage against the dying of the light.

And you, my father, there on that sad height,
Curse, bless, me now with your fierce tears, I pray.
Do not go gentle into that good night.
Rage, rage against the dying of the light.

不要安靜走入那良夜

不要安靜走入那良夜，
老年應該燃燒咆哮在這長日將盡；

憤怒，要憤怒對抗光的流逝凋謝。

雖然智者在生命盡頭知道黑暗明確，
因為他們的話語再也敲不出閃電　他們
不要安靜走入那良夜。

好人，在最後的浪潮邊，哭泣他們脆弱的言行
如何曾在綠色海灣舞出一片明亮未曾止歇，
憤怒，要憤怒對抗光的流逝凋謝。

狂野之人在飛躍之中捕捉並歌詠太陽，
忽有醒悟，但已太遲，他們在途中哀傷，
不要安靜走入那良夜。

死者，臨終之時，茫然張望

盲眼可以像流星般閃亮及愉悅，
憤怒，要憤怒對抗光的流逝凋謝。

你啊我的父親，站在悲傷之巔，
就用你猛烈的淚水罵我祝福我，我祈求。
不要安靜走入那良夜。
憤怒，要憤怒對抗光的流逝凋謝。

附記

1. 莎士比亞劇本《暴風雨》中第五幕第一景，米蘭公爵女兒 Miranda 說過一句充滿喜悅的「O Brave New World」（好一個美麗新世界），Aldous Huxley 在 1931 年將「美麗新世界」這句話當為小說書名，卻具有強烈的反諷味道，以描述一個所有公民行為都受到控制而不自知的不美好社會。「Do not go gentle into」（不要安靜走入）及「that good night」（那美好的夜晚）兩句之間是一種矛盾，將死亡稱為美好的夜應該也是一種反諷，與「O brave new world」的反諷是一樣的，美麗新世界並不美麗，「that good night」其實一點也不美好。這首詩就像過去狄倫擅長的表現一樣，總是起起伏伏拿不準，整首詩一直反覆出現「into that good night」，似乎有意要說，不要再安靜了，夜雖然不是那麼美好，就走進去了吧，因此有人說這首詩反覆吟唱後，也可以當為是一首寫給死亡的情歌。既是如此，不妨翻譯成「不要安靜走入那良夜」，「安靜」乃對應於燃燒咆哮、憤怒對抗；「良夜」則取其反諷義，事實上既非良夜又有冷意。

2. 這首詩因為反覆出現在名片《星際效應》（Interstellar）之中（2014 年出品，Christopher Nolan 執導；協助製片的科學顧問 Kip Thorne，是加州理工學院研究重力波的專家，2017 年獲諾貝爾物理學獎），讓大家又掀起一股狄倫熱。名譯家余光中與楊牧翻譯過狄倫的幾首詩，但都沒有譯到這首；董恆秀將本詩名稱譯為「不要靜靜走入長夜」，羅拔（憂戚之山部落格）譯「別溫馴地步入美好的夜」，以及南開大學出版詩集譯為「不要輕輕走入那個美妙的夜晚」，巫寧坤譯「不要溫和地走進那個良夜」，皆可稱體會到詩中本意，特留此供參。

3.本詩需放在狄倫一貫談及死亡時的矛盾心情之上討論。在 1933 年寫「而死亡不會稱霸四方」時，有一股一直壓過來但詩人一路反抗的黑色力量。1945 年寫「通過綠色引信點燃的力催生了花朵」，雖有很多年少的懷念之情，但也看到死亡之歌逐漸逼近。這些詩都充滿了生之禮讚，與對死亡的斥責，但生死正反之間，既是一股毀壞的力，也是不能輕易妥協要全力對抗的黑色力量，這中間充滿矛盾不安定的語法。1945 年寫的〈Fern Hill〉（蕨類山丘），則是一首逝去少年時光的悲歌，講的是年輕易逝，調子轉往憂傷，但對生命的過往有更多懷念之情。在心情轉來轉去之後，對 1951 年這首「不要安靜走入那良夜」應做何解讀？這是 Dylan Thomas （1914-1953）在他父親臨死前所寫的詩，過兩年他自己也無預期的死亡。詩中欲拒還休，一路轉折，繞不出來，好像既是悲歌也是情歌，一路演進。這是一首死亡的哀歌以及在不得已下帶著反諷調子的情歌。將狄倫的「不要安靜走入那良夜」，與 1933 年的「而死亡不會稱霸四方」做一比較，顯見少了一點外顯憤怒，多了一點在生死之間拉拒的味道。接著應該就是走入暮光迷離的時空之中（twilight zone），最終在烈火中燃燒，完成生命之歌，進入永恆找回尊嚴的長眠。但是，狄倫始終沒有時間完成這些過程與詩作。

2. 走入暮光迷離的時空

如何走入那涼涼的夜
如何在推拉抗拒之中
跌出一個孤獨的風景
暮光迷離倏然籠罩四野
友朋現身只為了輕聲告別。

凌晨尚未雞鳴
天地間茫茫一片
螺旋階梯不知通向何方
等著帶領的人就在那邊
靜靜捧手喝著驅寒的薑湯。

來來來，這美妙的夜晚

冰冷面容下
流動著溫暖的黑暗，
那裡照樣有初升的陽光
還有一條長長的地平線
浮沉著大大的紅太陽。

附記

荷蘭搖滾樂團 Golden Earring 在 1982 年有一首曲子〈Twilight Zone〉，敘述在恍惚之間進入暮光迷離的時空經驗，我抽出其中幾行混合在一起，以呼應本詩所擬傳達之精神：

（somewhere in a lonely hotel room,
There's a guy starting to realize
That eternal fate has turned its back on him,

It's two a.m……）
I'm steppin' into the twilight zone
I'm falling down a spiral, destination unknown
Where am I to go, now that I've gone too far
Soon you will come to know, when the bullet hits the bone

（在一間寂寞旅館房間的某一處，
有一個人開始體會到
永恆的命運已經背離他而去，
那是凌晨兩點鐘……）
我正在步入暮光迷離的時空
我正掉入一個螺旋之中，不知何處
我將前往，既然我已走得夠遠
很快你會知道，當子彈飛射入骨。

3. 在燃燒中唱完生命之歌

雖然一路憤怒拉扯
在迷離時光中漂泊
還是選個角落
橫躺成一條長河吧，
不需一路追蹤迴盪的血流
一生的傷痕在翻身中揭露。

撕裂以後再度密密縫合
原來人生走到盡頭
可以寫成這樣的解剖書本
一頁一頁撕給學習中
不曾認識的年輕人。

就這樣在凌晨之後的
熊熊火光中 自在唱著
全本的生命之歌。

附記

大體解剖是醫學教育教導人文關懷精神與醫學專業的入門課程，大體需先經灌流冷凍，常在約一年後啟用，解剖課程完成之時，需將大體仔細縫合，以示尊重與感恩之意，最後火化。在這些過程中，皆須舉辦莊重儀式，大體老師之一生與身上傷痕，以及臨終之期望，皆在學生訪談、解剖、學習、感恩儀式、與熊熊火光中，唱完生命之歌。

（二〇一八年一月十二日）

忘不了的風雨，忘不了的時代

再怎麼忘不了
風雨的街頭
多難與飛揚的時代
總在不經意間
一轉眼就飛奔而去。

當國家偏離自己的初衷
只有反抗才能重新記取
沾血的花朵需要好好清洗

但火環早已四面八方點燃
蒙面的黑衣人若隱若現。
他們辛苦的拆除火種
譜寫熱情的歌曲
行走在危險的街頭。

當陽光重新灑滿一地
曾經的勇氣與無私
竟然被意識形態流放
從此飄蕩天涯。
初衷在吵鬧聲中撞牆
社會的對話拉不出
昨天的旋律
黃昏總是快速前來
一夜之間

便知道只有遺忘
才能揚帆再起。

身後不必再看那浪來潮去
岸邊人聲卻從不曾止息
晚霞滿天　海鳥聒噪
有人仍一直探問
何日海上得以再見容顏？

後記（懷念楊國樞老師，1932-2018）

楊國樞老師在2018年7月17日辭世了。在我們那個時代，都稱呼大學裡親近的老師叫先生而不名，這是一種混合日本式與民國式的流行說法。從當他學生到同事，有一段長時間，楊先生都留平頭，訪客甚多，有慕名而來，有參與或關心民主運動的，那時的他全心研讀心理學，而且什麼都涉獵，主張一個學系要五臟俱全，從生理到社會、從正常到異常、從嬰孩到老人、從個體到集體，要不然體會不出心理學真正精神之所在，我們也都要教多類課程，認為理所當然。當有了總體性的了解後，便亟思真正走入主流之中，或另外走出一條有特色的路後匯入主流。

楊先生曾經嚮往實驗化約走向，但基本上是一位浪漫型的心理學者，在心理學上採取全人觀點，不會為了突顯某一特殊學術重點而忽略掉人的整體存在，我年輕時印象最深的是他曾發願要結合有志之士譯注佛洛伊德全集，惜未啟動。對台大心理學系現代化與本土化卓有貢獻的三公，是劉英茂、柯永河、與楊國樞三人，他們分別推動了實驗認知心理學的紮根及中文的認知研究、臨床心理學的在地化、與心理學本土化，其中尤以心理學本土化的運動最為外人所知，這是因為楊先生的領導魅力，以及其跨領域的關聯性高，有以致之。

台灣的社會與行為科學領域在 1960 年代，不管是實質上或心態上都還處在相當學術邊緣的階段，社會與行為科學本土化運動要到 1980 年代後期才逐漸成形。李亦園與楊國樞（1972）主編《中國人的性格》一書時，雖已標舉華人性格與行為之主題及內容，但基本上其研究、分析與解釋方式仍是西方式的；一直要到楊國樞與文崇一（1982）主編《社會及行為科學研究的中國化》之後，才在 1980 年代後期開始推動華人心理與行為研究之本土化走向，之後更擴大成為國際性之學術活動，延續至今。本土心理學運動之用語及內涵亦已從中國人與中國化之範疇，擴展成指涉更為廣泛的華人與本土化。

但楊先生並未自限於心理學一端，而他最為國人所懷念的，是他在台灣民主化過程中所作的貢獻。那一代的讀書人一般而言包容性較高，具浪漫性格，追求信念與理想一以貫之，捨民主法治再無其他。威權及強人的概念，與民主法治的主張，是兩組對比強烈互相碰撞的概念，透過他們的闡釋與實踐，一直是我們當年在戒嚴時期得以獲得啟蒙的柱石。他身為台大自由派四大寇之一（還有胡佛、張忠棟、與李鴻禧），不計毀譽與安全，奮起作為當年黨外及當年台大的守護者，主持大學雜誌，在中國論壇、中時、與聯合頻頻發聲，心繫政黨政治的建立，協助呵護黨外香火，穿梭在街頭，穿梭在各個黨派之間。在那種戒嚴時代，只有來自勇氣與無私，才會義無反顧去做這些事情的。

楊先生是一位聰明有彈性的人，跟他在一起可以嘻笑怒罵互逞機鋒。至於人情世故的練達，在他那世代並不少見，但很少能像他有那種始終如一的耀眼風格。解嚴之後他與有志之士馬上創辦澄社，在創立澄社集結有志之士頻頻發聲的時代，他的穩健與練達，舖就了一個得以均衡與寬廣論政的平台，瞿海源與我分別接下他的擔子出任社長，確實共同度過一段美好的時光。

他雖然參與這麼多大事情，但基本上卻是一位街頭害羞派的讀書人。「知識界反軍人組閣」運動，在新公園台博館靜坐三天，之後他當為代表被告，但從沒聽他說過任何怨言。嗣後在台大推動軍警不得進入校園，經 1991 年 11 月校務會議通過，後來寫入學校組織規程：「除校警外，軍、警未經校長請求或同意，不得進入校園，但追捕現行犯不在此限」。在澄社主辦台大哲學系事件 20 周年檢討會時，他出面協助主持，促成台大成立調查小組（楊維哲召集，葉俊榮是小組成員之一），做出調查報告，實質平反。

楊先生一向樂於認同自己心理學家的身分與成就，但熱情卻在台灣民主化事務上，表現得最清楚。他主張學術與政治應當分離，但他最自在最有表現強度的，就是在學術與政治兩者交界之處，尤其是在摩擦力最大的時候。他在中壯年是充滿熱情與主張的時候，作戰對象明確，也就是強人政治與威權統治，並當為黨外運動的後盾。後期時意識形態環境轉趨不利，這是一個眾聲喧嘩的時代，戰鬥對象已不明確而趨於多元，以前愛管事的楊先生大概是不想改變自己前後一貫的行事風格，慢慢不再參與政治議題，這個時間大概是在 1990 年代中期以後。

解嚴之後，有勇氣出面的人愈來愈多，意識形態的檢驗卻愈演愈烈，楊先生是個自由人，從來不是意識形態中人，也許覺得階段性任務已了，他選擇優雅的淡退，回歸同行與學生群中，推動心理學本土化的基礎研究，培育下一代人才，在兩岸學界聲名日盛，可謂是一代學術人與一代教育家。

楊先生是一位君子型但有堅定看法有格局的教育家。他在台大長久的教育生涯、在參與行政院教育改革審議委員會、在推動大學教育的宏觀規劃過程中，主張政學不兩棲、教育中立，主張應有培育下一代大儒的完整計畫，都是站在教育與學術的制高點上，倡導大學教育應有宏觀的推展方略。凡此種種充分表現出時不我予的急切，以及成功不必在我的胸襟，是真正的大師風範。

我們很多朋友都認為楊先生在過去的困難時代中，表現出一以貫之的勇氣與大度，而其基礎則在無私，我們奉楊先生為精神上的導師，指的就是這一段。他是我一生參與公共事務上的思想導師，我常想楊先生一生栖栖遑遑，在學術與民主自由這兩條路上來回奔波，難道只是因為那個時代的特性而造成的？應該也跟楊先生的個性及為人處世風格有關吧，假如不是風聲雨聲讀書聲聲入耳，哪會有家事國事天下事的事事關心！他的離去，雖然代表一個時代即將結束，但感謝楊先生，帶領大家穿過好長的風雨歲月，一起向前走，這一段時代教訓點滴在心頭，是永遠忘不了的。

（二〇一八年七月二十九日。本後記曾以「忘不了的風雨，忘不了的時代」之名，刊登於自由時報自由論壇）

INK PUBLISHING
文學叢書 581

生命之歌

作　　者	黃榮村
總 編 輯	初安民
責任編輯	林玟君
美術編輯	林麗華
校　　對	黃榮村　林玟君

發 行 人	張書銘
出　　版	INK 印刻文學生活雜誌出版股份有限公司 新北市中和區建一路 249 號 8 樓 電話：02-22281626 傳眞：02-22281598 e-mail：ink.book@msa.hinet.net
網　　址	舒讀網 http：//www.sudu.cc

法律顧問	巨鼎博達法律事務所 施竣中律師
總 代 理	成陽出版股份有限公司 電話：03-3589000（代表號） 傳眞：03-3556521
郵政劃撥	19785090 印刻文學生活雜誌出版股份有限公司
印　　刷	海王印刷事業股份有限公司

港澳總經銷	泛華發行代理有限公司
地　　址	香港新界將軍澳工業邨駿昌街 7 號 2 樓
電　　話	(852) 2798 2220
傳　　眞	(852) 2796 5471
網　　址	www.gccd.com.hk

出版日期	2018 年 10 月　　初版
ISBN	978-986-387-262-7
定　價	300 元

國家圖書館出版品預行編目資料

生命之歌 / 黃榮村 著；
--初版，--新北市：INK印刻文學，
2018.10　面；14.8 × 21公分（文學叢書；581）
ISBN 978-986-387-262-7（平裝）
851.486　　　107016855